SCORE 2600
TIME 01:06

그냥 고양이가 아닌

고양이 이야기

정루이
장편소설

나무옆의자

이 세상 모든 고양이에게 바칩니다.

어쩌다 탐정

나는 고양이탐정이다. 집 나간 고양이를 찾아주는 것이 내 직업이다. 물론 돈 받고 이 일을 한다. 의뢰인은 언제든 있으니까. 집 나간 고양이가 그렇게 많은지, 고양이의 귀가를 애타게 기다리는 집사가 그렇게 많은지 나는 일을 시작하고야 알게 되었다. 덕분에 내 직업은 전망이 아주 좋다. 일을 시작하고 쉬어본 적이 별로 없을 정도다.

고양이를 돈씩이나 주고 찾으려는 사람이 정말 많단 말인가 하고 혀를 차는 사람도 있을 것이다. 고양이를 찾는 데 탐정이라는 말까지 동원해야 하나 못마땅한 이도 있을 것이다. 이런 사람들은 이 책을 읽지 말길 바란다. 앞으로 전개될 나의 이야기에서는 상상을 뛰어넘는 훨씬 놀라운 일들이 벌어지기 때문이다.

탐정은 단서를 추적해서 진실을 알아내는 사람이다. 솔직히 내가 그 일에 천부적인 재능을 가졌다고 말하기는 힘들다. 나는 사소한 것 하나 놓치지 않는 날카로운 눈썰미도 없고 끈질기게 일을 해내는 집념의 소유자도 아니다. 내 친구 연우처럼, 길 위의 고양이를 그냥 지나칠 수 없어 수단 방법 가리지 않고 집사를 찾아주거나 아니면 스티로폼 집이라도 마련해 줘야 직성이 풀릴 정도로 고양이라는 생물체에 빙의되는 사람도 아니다. 요는 내가 고양이탐정이 된 것은 세상 많은 일이 그렇듯 우연에 우연이 겹쳤을 뿐이라는 말이다.

운명의 그날, 나는 재개발예정지구에 위치한 허름한 다세대주택 지하에 있는 연우의 자취방에서 밤새 보드게임을 했다. 새벽 첫 지하철을 타기 위해 연우와 함께 골목길을 걸어가던 중 무심코 시선을 둔 곳에서 누군가를 보았다. 그 사람은 벽과 벽 사이 좁은 공간을 오가며 뭔가를 찾는 듯했다. 도둑인가, 수상

쩍다, 뭔가 사연이 있겠지, 하고 지나치려 할 때 그가 앗, 하는 소리를 냈다. 나와 연우는 잠깐 멈추어 섰다. 그 순간 작고 물렁한 것, 정체를 알 수 없지만 살아 있는 것만은 분명한 뭔가가 내 품에 안겼다. 나는 엉겁결에 팔을 들어 그것을 감쌌다. 내 품속으로 뛰어든 살아 있는 것을 내칠 수는 없었으니까. 수상쩍다 했던 사람은 훗날 나의 스승이자 선배가 된, 이 바닥에서는 꽤 유명한 고양이탐정 김완백 씨였다. 작고 물렁한 것은 백설처럼 흰 고양이, 선배가 이틀 동안 찾아 헤맨 주인공이었다. 내 품에서 바르르 떨던 고양이의 이름은 알지 못했지만, 작은 심장이 어찌나 쿵쾅대던지 나도 모르게 그 생물체의 머리를 쓰다듬었고, 그때의 측은하고 보드라운 느낌은 아직도 생생하다. 고양이가 안전하다고 느끼는 사람이라니, 좋은 자질을 가졌군요, 라며 선배는 명함을 내밀었다. 당시 나는 백수 7개월 차, 뭘 해서 먹고사나 하는 고민을 잊기 위해 밤새 보드게임을 하던 스물아홉 살의 초라한 청춘, '초라하니 청춘이다'라는 말에 침을 뱉어주고 싶은 비뚤어진 아홉수의 폐인이었다. 탐정 조수를 해보겠냐는 김완백 씨의 즉석 제안을 심각하게 생각할 이유도, 거절할 이유도 없었다. 밤새 게임을 하느라 도파민과 코르티솔로 범벅이 된 뇌세포가 제대로 기능하지 못하기도 했을 것이다. 너무 빨리 긍정의 대답을 내놓으면 없어 보일까 봐 나는 잠시 숨을 골랐다. 그리고 말했다. 할게요. 김완백 씨는 그럴 줄 알았다는 듯 고개를 끄덕였다. 그렇게 이 세계에 정식 입문하게 된 것이다.

지금은 온종일 고양이만 생각하는 고양이탐정이지만 나는 오랫동안 내 자신을 개과科라 생각해왔다. 그날 골목길에 함께 있었던 연우가 나중에 물었다.

왜 너였지? 내가 아니고.

뭐?

고양이를 좋아하는 건 나잖아. 너는 지나가는 개만 봐도 눈 돌아가는 개과 인간이고.

내 이마에 써 있는 거야? 개과 인간? 어쩐지 멍멍, 하고 싶었어.

심지어 너는 나보다 반걸음 뒤에서 걷고 있었어. 고양이와 더 가까운 건 나였단 말이지.

설마 서운한 거야? 너 지금 눈 되게 안 이쁘게 뜨고 있어.

개과 인간은 모를 거다. 고양이에게 간택 받지 못한 이 마음을.

멍멍.

왜 너였냐고, 내가 아니라.

그게 뭐가 중요하냐고, 우연이었겠지.

좋은 자질을 가졌다잖아, 부러워서 욕 나와.

지랄, 멍멍.

샐쭉거리는 연우의 말을 들으며 나는 정말 고양이가 나를 안전하게 생각했던 걸까 궁금했다. 개과 사람인 나의 무엇이 고양이로 하여금 그 짧은 순간 그렇게 느끼도록 만들었을까. 연우 말대로 나는 개를 보면 그냥 지나치지 못할 정도로 개라는 동물을 아낀다. 인간을 사랑하기 위해 태어난 선하고 충직한 동물, 그런 생명체가 인간 곁에 머무르는 것은 아직 신이 인간을 버리지 않은 증거라고 나는 생각한다. 선하고 충직한 것이 함부로 해도 되는 표시처럼 여겨지는 세상이지만, 나는 여전히 이런 게 좋다. 마음 착한 존재들과 우정을 쌓아가고, 그들과 함께하는 시간을 소중히 여기면서 소소하게 사는 것 말이다. 그래서 사람이나 동물이나 의리를 지키는 것이 내게는 퍽 중요하다(으리,

하면서 주먹 쥐고 눈에 힘주는 사람을 떠올리면 곤란하다).
함정은 그런 존재가 몇 안 된다는 것, 동물까지 합쳐
도 열 손가락을 다 못 채운다는 것이지만.

　이런 내게 고양이는 보면 볼수록 알 수 없는 생물
체다. 고양이를 싫어하는 건 결코 아니다. 단지 그 생
명체는 교감을 나누기에 너무 먼 존재처럼 느껴진다
고나 할까. 고양이의 특성이라고 말해지는 것들, 도
도하고 오만하며 아무리 길들여도 인간세계에 완전
히 편입되지 않는다는 그 독립성은, 멋지기는 하나
나와는 어울리지 않는 것 같았다. 그건 흡사 범접할
수 없는 오라를 풍기는 사람을 만나면 어쩔 수 없이
오므라드는 나의 범생스러움을 발견할 때의 기분과
도 같다. 물론 고양이탐정이 된 뒤 고양이를 만나고
찾아다니고 또 공부하면서, 내가 생각하는 '고양이스
러움'의 많은 부분이 편견이었음을 깨달아가고 있다.
그리고 운명처럼 내게 찾아온 고양이 몽몽과 살면서
반려인들이 왜 주인이 아니라 집사를 자처하는지도
알게 되었다. 그런데도 인간과 살면서 야생을 포기하
지 않는 그 고집스러움에 대해서는 여전히 묘한 거리
감이 느껴지는 것도 사실이다. 고양이는 결코 길들임

에 굴복한 적 없고 만약 길들여진다 해도 언제든 홀로 살아갈 수 있는 동물이라는 걸 받아들이기에, 개와 인간은 너무 충직하기만 한 걸까.

우연히 고양이탐정이 되었다고 해서 내가 이 일을 대충 한다거나 그저 돈벌이로 생각한다거나 하는 건 아니다. 시작은 우연이었지만 막상 전념하게 되자 천직까지는 아니어도 나와 꽤 어울리는 직업이라는 걸 알게 되었다. 일단 '나인투식스'가 아니니 반은 먹고 들어간다. 정해진 시간에 정해진 장소로 몸을 옮기는 일은 내가 세상에서 싫어하는 일 중 세 번째 정도 된다. 아, 참고로 나는 의뢰인과 한 시간 약속은 철저히 지킨다. 그건 다른 문제다. 특별한 이유 없이 사람을 한곳에 모아놓고 일을 시키는 시스템이 싫은 것이다. 그렇게 할 만한 이유가 있지 않겠느냐고? 내가 보기에 이유는 없다. 사무실 책상에 앉아 있어야 직원들이 일을 한다고 생각하는, 혹은 직원들이 한곳에 모여 있어야 왠지 평온해지는 높으신 분들의 심리적 안정감 내지 안구정화 차원일 뿐이라고 나는 생각한다.

절박한 이들을 도울 수 있다는 것은 내 일의 큰 매력이다. 의뢰인들과의 첫 만남은 늘 절절하고 가슴

아프다. 우리 애기는 그냥 고양이가 아니에요, 라고 그들은 말을 시작하고, 비용은 상관없으니 꼭 찾아주세요, 라고 말을 맺는다. 나의 일은 '그냥 고양이가 아닌 고양이'를 찾는 것이다. 그건 부재로써 비로소 또렷해진 고양이의 존재감만큼 가슴이 벙하고 뚫려버린 의뢰인을 구원하는 일이다. 집 나간 고양이가 집사 품에 안길 때의 상봉 장면을 나는 좋아한다. 집사와 함께 울 때도 많다. 딱히 내가 사랑이 많은 사람이라서가 아니라 그 순간에는 누구든 그렇게 된다.

집 나간 고양이가 귀가해 집사와 상봉하는 장면은 언제든 아름답지만, 의뢰의 끝이 꼭 그렇지만은 않다. 가출 고양이 모두를 찾을 수는 없다는 말이다. 거기에는 여러 이유가 있다. 탐정으로서 내가 뭔가를 놓쳤을 수도 있고(연차가 늘어갈수록 그런 일은 드물게 일어나지만), 본래 습성대로 움직이지 않는 고양이가 있기도 하고(어떤 종이든 그런 녀석들은 있게 마련이다. 사람을 생각해보면 금방 이해된다), 어떤 외부적인 요인에 의해 추적이 어려워질 때도 있기 때문이다. 말하다 보니 영업비밀이 노출되어버렸는데, 고양이를 찾는 일은 탐정의 전문성과 고양이라는 종의 습성, 개

별 고양이의 성향, 마지막으로 외부적 요인에 의해 결정된다고 말할 수 있다.

원칙적으로 그렇다는 말이고 고백하자면 이건 사후의 분석일 뿐이다. 모든 경우의 수를 다 동원하고 주변을 샅샅이 뒤지고 나의 존경하는 스승에게 조언을 구해도 찾을 수 없는 경우가 있다. 그냥 고양이가 아닌 고양이에게 무슨 일이 벌어지는지 우리 인간은 영원히 알 수 없을지도 모른다. 이 책에서 내가 하려는 이야기가 바로 그것이다.

고양이탐정이 된 지 3년째에 접어든 해였고, 내 이름을 긴 탐정사무소를 열이 바야흐로 승률 90퍼센트를 넘기면서 조금씩 유명세를 타기 시작하던 때였다. 승률 운운하는 건 자랑도 영업도 아니다. 그저 그렇다는 거다. 아주 멀리 사라져버린 고양이가 아닌 한, 나는 녀석을 찾을 자신이 있었다는 뜻이다. 그런 내가 도저히 풀 수 없을 것만 같았던 어떤 실종이 일어났다. 이해할 수 없고 불가사의하기까지 한 그 일을, 나는 꼭 한번 복기하고 싶었다. 혹시 내가 놓친 게 있다면 무엇인지, 의뢰인과 탐정뿐 아니라 관련자 모두가 휘말려 들어간 그 미스터리는 무엇인지, 결국 우리가 잃어버린 건 무엇이며 다시 찾은 건 또 무엇인지, 그런 것들에 대해서 말이다. 나는 고양이탐정으로서 진실을 알아야 할 의무가 있다. 그 진실이 나를 어디로 데려갈지 그건 알 수 없지만 어쨌든 나는 끝까지 가보기로 한 것이다.

골든타임

～～～

의뢰인은 유괴라 했다. 나는 가출인지 실종인지 판단할 수 없었다. 의뢰인은 전화를 걸어 대뜸, 우리 애기가 유괴되었어요, 라고 말했다. 유괴 혹은 납치극이 요즘 보이스피싱의 트렌드라는 건 전 국민이 다 아는 상식이어서, 앞뒤 맥락 없이 그런 말을 들었을 때 나로서도 피싱을 연상하는 건 당연했다. 나는 대꾸 없이 휴대폰을 닫았다. 의뢰인은 다시 전화를 걸었고 나는 무시했다. 바쁘기도 했다.

그때 나는 팡팡이라는 고양이를 추적하는 중이었

다. 팡팡의 것으로 추정되는 까만 털을 발견하면서 예상 경로를 수정해야 했다. 고양이 털은 탈출 경로를 파악하는 결정적인 단서이다. 이 단서를 토대로 고양이의 평소 습성을 고려하여 추적의 실마리를 찾다 보면 성공 확률이 훅 뛴다. 팡팡의 털은 빌라 4층 계단의 벽에 달려 있는 방충망 안쪽으로 한 움큼 삐져나와 있었다. 나는 건물 밖으로 나가 4층 창문의 위치와 주변 구조물을 살펴보았다. 창문 옆으로 돌출 베란다가 있었고 창문을 감싼 시멘트 틀은 가로 15센티미터 정도 돼 보였다. 네 다리를 거의 자유자재로 움직일 수 있는 고양이가 충분히 걸어 다닐 수 있는 폭이었다. 빌라 담벼락은 두 층짜리 주택의 지붕으로 연결되어 있었다. 평소 높은 곳에서 뛰어내리거나 캣타워를 오르내리는 데 주저함이 없었다는 팡팡의 습성을 고려하면 충분히 이동 가능한 거리였다.

확신이 선 나는 발 빠르게 움직였다. 고양이 추적에도 골든타임이란 것이 있어서 시간이 지체될수록 귀가 가능성은 낮아진다. 먼저 옆 건물로 가 팡팡이라는 고양이를 찾고 있다고 정중히 협조를 요청했다. 맹렬히 짖는 개를 안은 채 문을 열어준 집주인은 흔쾌히 낯선 이의 출입을 허락해주었다. 앞마당과 뒤편의 공간을 샅샅이 뒤졌다. 담 하나를 사이에 둔 옆집 뒷마당에 폐목재와 낡은 의자 등 잡동사니가 쌓여 있는 곳이 눈에 띄었다. 저기다. 나의 촉은 쌓아둔 목재 사이의 작은 틈에 팡팡이 있다고 말하고 있었다. 마음은 이미 담을 넘어갔지만 옆집에 가서 정식으로 양해를 구하는 게 순서였다.

초인종을 눌렀다. 인기척이 없었다. 문을 두드렸다. 잠시 후 한 남자가 문을 열었다. 이제 막 잠을 깬 듯 까치 머리를 하고 짜증 난 표정을 드러냈다. 이럴 땐 공손함만이 살길, 나는 최대한 예의 바르게 협조를 구했다. 남자는 귀찮은 티를 역력히 내면서 마지못해 허락했다. 별걸로 다 먹고 사네, 라는 말과 함께.

소리를 죽이며 뒷마당으로 걸어갔다. 나무 패널 사이를 주의 깊게 살펴보았다. 역시나 꼬질꼬질해진 팡팡이 패널 사이에 웅크리고 있었다. 캣타워를 날아다녔다던 기개는 어디 가고 울먹한 얼굴로 기진맥진해 있었다. 털이 뭉치고 몸 여기저기에 진흙과 알 수 없는 점액질이 묻은 상태로 숨을 헐떡거렸다. 팡팡의 이름을 부르며 조심스레 팔을 뻗었다. 녀석이 하악, 하며 뒷걸음질 쳤다. 나는 일단 후퇴한 뒤 의뢰인에게 전화를 걸었다. 의뢰인이 케이지를 들고 팡팡의 이름을 부르며 뛰어오기에 천천히 걸어오라는 신호를 보냈다. 의뢰인은 조금 진정된 목소리로 팡팡의 이름을 부르며 폐목재 앞으로 다가갔다. 집사의 목소리가 들리자 냐옹, 가냘픈 소리가 패널 사이에서 들렸다. 나는 녀석이 뛰쳐나갈 경우를 대비해 의뢰인 뒤에서 뜰채를 들고 앉았다. 의뢰인이 패널 사이로 손을 뻗어 팡팡의 목을 잡았다. 팡팡은 큰 저항 없이 잡혀 나와 집사의 품에 안겼다.

이건 매우 순조로운 결말에 속한다. 집사의 목소리를 알아듣고 얌전히 손에 이끌려 나오면 다행이지만 겁에 질린 고양이들은 숨기에 바빠 이 방법이 먹히지 않을 때가 많다. 그럴 때면 뜰채나 그물망을 이용할 수밖에 없고 올무를 동원해야 할 때도 있다. 이처럼 가출한 고양이를 귀가시키는 일은 크게 두 부분인데, 고양이를 발견하는 것이 전반부라면 녀석을 포획하는 것이 후반부이다. 어느 부분이 더 쉽다고 이야기할 수는 없고 나름의 고충이 있지만, 고양이를 아예 못 찾는 것보다, 찾았으나 포획하지 못해 녀석을 집으로 돌려보내지 못한 경우가 두고두고 마음이 아픈 건 사실이다.

나는 팡팡과 집사의 절절한 상봉 장면을 휴대폰으로 촬영했다. 동영상은 내가 운영하는 '묘묘탐정'(내 탐정사무소의 이름이다) 블로그에 추적 과정을 쓴 글과 함께 게시된다. 고양이 찾는 동영상을 누가 보나 싶겠지만 벌써 2천 명의 구독자를 확보하고 있다. 블로그를 통해 내게 의뢰하는 사람도 있고 구독자의 소개를 받아 온 의뢰인도 있다. 말하자면 묘묘탐정 블로그는 나의 탐정일지이자 홍보 매체인 것이다.

동영상을 저장하고 보니 문자메시지가 도착해 있었다. **전화 안 받으셔서 문자 남깁니다. 영심, 스코티시폴드, 4세, 여아. 유괴된 지 하루 되었습니다. 되도록 빨리 연락 주세요.** 보이스피싱으로 오해했던 사람이 남긴 것이었다. 피싱이 아닌 건 알겠는데 그래도 이상했다. 보통의 집사들은 추적을 의뢰하면서 유괴라는 단어를 쓰지 않는다. 고양이가 '없어졌다'라거나 '가출했다'고 표현한다. 나는 고개를 갸우뚱했다. 유괴라면 누군가 고양이를 꾀어내 끌고 갔다는 뜻. 고양이를 가까이 지켜본 사람이면 그런 일이 일어날 가능성이 매우 희박하다는 걸 잘 안다. 도구를 사용해 고양이를 강제로 잡았다면 모를까 고양이를 꾀어내 끌고 간다는 건, 고양이 모습을 하고 있다는 이집트 여신 바스테트도 못 할 일인 것이다. 내키지 않으면 집사에게도 잡히지 않는 게 고양이라는 생물체. 그건 인간과 살게 된 1만 년이라는 시간 동안 결코 완벽하게 길들여지지 않은 신비로운 생물체의 본성이다. 그런데 유괴라니.

문제는 또 있다. 내 경험상 조사를 시작하기도 전에 실종과 관련된 판단을 미리 내린 의뢰인이라면 자기 뜻대로 추적 과정을 끌고 갈 가능성이 크다. 이건 고양이탐정으로서 내가 의뢰인에게 요구하는 원칙에 반하는 것이다. 나는 의뢰를 맡기 전 다음의 세 가지 원칙을 의뢰인에게 제시하고 동의를 받는다. 첫째, 고양이에 대한 정보를 빠짐없이 알려줄 것. 물론 모든 정보는 보안이 유지된다. 둘째, 모든 추적 과정은 탐정의 판단에 따를 것. 대신 탐정은 매일 진행된 추적 상황을 의뢰인과 공유한다. 셋째, 주변의 협조를 적극적으로 구할 것. 의뢰인 대부분은 이 원칙을 군말 없이 받아들이지만 그렇지 않은 사람도 있다.

본인이 추적에 꼭 동행해야 한다고 주장하거나 예상 탈출 경로를 미리 짜두고 탐정에게 지시하는 경우도 있다. 이럴 때 나는 정중히 말한다. 탐정이 아니라 비서를 고용하는 게 낫겠습니다. 탐정은 의뢰인의 손발이 되어줄 사람이 아니라 전문성과 노하우를 토대로 고양이를 찾아주는 사람이다. 나를 탐정으로 대하는 사람을 상대로만 탐정의 일을 하는 것이다. 너무 거만한 거 아니냐고? 다시 말하지만, 나는 허투루 일하는 사람이 아니다. 탐정의 자부심은 직업의식과 동전의 양면이라고 생각한다.

어쨌든 유괴라는 단어는 내게 앰뷸런스의 사이렌 소리처럼 느껴졌다. 이건 그동안의 경험치가 말해주는 경고였다. 그렇다 해도 의뢰는 의뢰다. 가출인지 유괴인지는 추적하면서 판단하면 될 일, 그것보다 중요한 건 고양이의 안위다. 반려동물이 보호자 곁을 떠나 있다는 건 언제든 위험에 처할 수 있다는 뜻이니까. 집사 품에서 골골송골골, 그르렁, 그릉그릉 등 고양이의 후두선에서 발생하는 진동에 의해 생성되는 소리. 주로 기분이 좋거나 안정감을 표현할 때 내지만 불안한 상태일 때 골골거리는 경우도 있다을 부르는 팡팡의 머리를 쓰다

듣고 나서 나는 뒤돌아섰다. 빌라 계단을 내려오면서
전화를 걸었다.

    의뢰인은 자신을 김말숙이라고 소개했다. 나는 놀
랐다. 이 사람도 막내일까 궁금했다. 우리 이말숙 여
사, 세상에 하나뿐인 나의 사람 가족, 즉 할머니가 구
남매의 막내이고 이름이 말숙이기 때문이다. 목소리
로 보아 삼사십 대쯤으로 추측되는 여성의 이름이 여
든에 접어든 나의 할머니 이름과 같아서 솔직히 당황
스러웠다. 길어야 40년쯤 전일 텐데도 딸의 이름을
그렇게 지었다는 게 성의 없어 보였고 정작 당사자는
전혀 개의치 않아 보이는 것도 뜻밖이었다. 나 같으
면 최대한 빨리 그 이름을 버렸을 것 같은데, 어쨌든.
    내 할머니 이말숙 여사는 올해 일흔아홉 살이다.
황혼의 나이 어쩌고 하는 표현은 할머니에게 어울리
지 않는다. 지금도 나보다 밥을 많이 드시고 나보다
부지런하신 이말숙 여사는 영원한 나의 뒷배이다. 내
가 중학생 때 부모님은 이혼하셨고 엄마가 재혼하기

전 짧은 기간 동안 셋이 함께 살았는데 지금은 할머니가 나의 유일한 동거인이다. 새아빠는 뭐 하는 사람인지는 잘 몰랐지만 경제적 능력이 출중해서 그쪽으로 몹시 고통스러워하던 엄마를 편하게 해주었다. 그러나 애초 엄마라는 사람은 그런 복을 누릴 운명은 아니었던 것 같다. 엄마는 재혼한 지 2년 만에 암으로 세상을 떠났다. 병원에서 마지막으로 엄마를 봤을 때 앙상하게 뼈만 남은 몸과 통증으로 일그러진 얼굴을 바라보며 나는 이런 생각을 했다. 더 이상 아프지 않을 수 있다면, 죽는다는 게 끔찍할 정도로 슬픈 건 아니겠어. 엄마는 새아빠가 자리를 비운 사이 죽을힘을 다해 내게 말했다. 서랍 마지막 칸 열어, 얼른. 거기 통장과 도장 있어. 지금 가서 찾아. 사망신고 하면 일이 복잡해지니까 병원 나가자마자. 알아먹었어? 남자 조심하고. 꼭 돈 잘 버는 남자 만나야 한다. 알아먹었지? 돈 잘 버는 남자가 왜 나 같은 걸 좋아하겠어, 라는 내 말에 한참 동안 나를 바라보던 엄마는 얼마 후 죽을힘도 놓아버렸다. 엄마가 남긴 돈으로 할머니와 나는 여러 색깔의 곰팡이가 번갈아 피어나던 반지하를 벗어날 수 있었다. 벌써 오래전 일이다.

골든타임

김말숙 씨의 집은 도시 외곽에 있었다. 제법 높은 산이 휘장처럼 둘러쳐져 있었고 최근 둘레길이 조성되면서 전원주택단지로 각광 받는 곳이라 했다. 가보는 건 처음이었다. 완만한 산등성이에 오밀조밀하게 소박한 집들이 들어서 있었고 어느 곳은 새로 집터를 조성하고 길을 내는 중이었다. 옛집과 새집이 묘하게 조화를 이루는 도심 속 산골마을이라 할 만했다.

다행히 김말숙 씨 집까지 차로 오를 수 있었다. 차에서 내리자 근사한 풍경이 나를 맞았다. 도시가 한눈에 들어왔고 뒤로는 울창한 상록수들이 뻗어 있었다. 이런 풍경을 매일 보며 사는 사람은 달라도 뭔가 다를 것 같았다. 김말숙 씨 집에 들어섰다. 작은 마당이 있는 예쁜 주택이었다. 담 대신 진달래와 철쭉이 핀 화단이 길과 경계를 이루었고 처마 밑으로 벤치와 테이블이 놓여 있었다.

5년 전 이사 왔어요. 영심과 살기 위해 이 집을 선택했지요.

김말숙 씨가 말했다. 그의 말대로 반려동물과 살기에 이보다 더 좋을 수는 없을 것 같았다. 한적한 주변과 맑은 공기, 자동차가 거의 없고, 정원의 연못과 나무, 바위와 흙들이 무한한 놀잇감이 되어주는 곳. 가끔 동물이 집 밖을 나서도 차와 행인들로 인해 겁부터 먹게 되는 그런 곳과 차원이 달랐다. 나는 감탄했다. 가끔 이런 의뢰인을 만나기도 한다. 거주지와 생활양식 모두를 동물과의 생활에 맞춰 선택하는, 말하자면 반려생활에 진심인 이들이다. 물론 도심의 반지하 빌라에 산다고 해서 고양이를 덜 사랑하는 것은 아니다. 하지만 생활의 불편을 감수하고 동물의 행복을 우선하는 이들을 볼 때마다 그 용기와 실행력에 놀라게 된다. 물론 그런 삶을 선택하는 데 어느 정도 재력이 받쳐줘야겠지만.

김말숙 씨는 집 뒤편의 작은 뜰로 나를 안내했다. 나지막한 언덕을 담으로 삼아 안온했고 연못과 나무 기둥이 놓여 있었다. 김말숙 씨는 간이 의자를 가리켰지만 나는 서 있겠다고 했다.

연못의 잉어를 들여다보고 있었어요. 그게 제가 본 마지막 모습이에요.

혼자 있었나요?

아뇨. 우리 애기를 혼자 둔 적은 거의 없어요. 작업할 때는 어쩔 수 없이 밖에 두지만요.

골든타임

김말숙 씨가 대답했다.

보호자가 곁에 계셨다는 말인가요.

그건 아니지만, 잠깐 사이에, 그만.

김말숙 씨가 휴대폰을 켜고 영심의 사진을 보여주었다. 라탄으로 만든 숨숨집고양이가 안전하게 숨을 수 있도록 만든, 집이나 동굴 모양의 공간에서 얌전히 손을 모으고 정면을 바라보고 있었다. 둥글고 큰 머리에 짧은 귀를 가졌고, 흰색에 가까운 베이지색 털에 검갈색 줄무늬가 멋지게 얼굴과 몸을 감싸고 있었다. 오렌지색 눈창 가운데 검은 눈동자가 마치 호박 속에 갇힌 검은 보석처럼 보였다. 왜 이름을 영심으로 지었는지 단번에 이해되는 몽실몽실하고 귀여운 고양이였다. 스코티시폴드는 '장화신은 고양이'로 유명하다. 이름 그대로 스코틀랜드가 고향이고 귀가 접혀 있다고 해서 폴드라는 이름이 붙은 품종이다. 어느 헛간에서 자연적인 돌연변이로 태어난 고양이에 기원을 두고 있다고 알려져 있다. 스코티시폴드의 특징인 접힌 귀는 사람이 보기에 귀엽지만 불완전한 우성 유전자에 의해 귀 연골이 변형된 것이다. 이 때문에 관절염이나 연골 기형으로 인한 질환을 겪는 경우가 많다. 말하자면 손 많이 가고 돈 많이 드는 품종인 것이다. 순하고 애교가 많아 집사 '껌딱지'인 경우가 많다. 영심도 그랬던가 보다.

저만 졸졸 따라다녀요.

김말숙 씨는 휴대폰 화면의 사진을 어루만지며 말했다. 나는 태블릿을 켜고 의뢰인의 말을 요약해서 적어나갔다. 어제 오후 김말숙 씨는 평소처럼 작업실로 쓰는 뒷방에서 와인 랙을 만들고 있었다. 목공예가인 김말숙 씨가 작업하는 동안 영심은 주로 뒤뜰에 내놓는데, 날카로운 나무 조각들과 공구가 위험하기도 했고 가끔 영심이 작업대에 올라와 몸을 비비거나 손을 깨무는 등 작업을 방해하기도 했기 때문이다. 영심은 김말숙 씨가 손수 만든 나무 스크래처를 긁거나 연못의 잉어를 구경하며 뒤뜰에서 놀곤 하는데 김말숙 씨는 작업실의 넓은 창을 통해 틈틈이 영심의 모습을 확인했다. 그날의 작업은 나무판에 홈을 만들어 격자형으로 겹쳐 넣는 과정이었다. 홈의 위치와 길이, 깊이를 정밀하게 계산해야 하는 꽤 난이도 높은 작업이었다. 여섯 개의 나무판을 모두 교차시켜 와인 랙을 완성했을 때는 상당한 시간이 흐른 뒤였다. 문득 영심을 봐야겠다는 생각이 들어 창을 통해 찾았으나 보이지 않았다. 김말숙 씨는 즉시 뒤뜰로 나갔다. 나무 스크래처, 연못, 부엌으로 통하는 문 어디에도 영심은 없었다. 집 안을 샅샅이 뒤지고 집 밖을 살펴봐도 영심이 보이지 않았던 것이다.

혹시 집에 CCTV가 설치되어 있나요?

대문 앞에 한 대 있어요. 영상을 뒤졌는데 보이지 않아요. 대문으로는 나가지 않은 것 같아요.

뒷산으로 올라갔다는 말씀이신가요? 옆집에 놀러 갔을 가능성은요?

영심은 외출한 적이 없어요. 집 마당과 뒤뜰에서 노는 게 전부입니다. 다른 집을 방문한 적도 없고요.

우선 집 안을 살펴보고 싶은데요.

다 뒤졌어요. 제가 부르는데 영심이 나오지 않을 리 없잖아요.

물론 그렇겠죠. 그래도 만에 하나라는 게 있으니까요.

그럴 필요가.

김말숙 씨는 할 말이 많은 얼굴이었다. 나는 앞으로의 작업을 위해 의뢰인이 알아야 할 사항을 일러줄

타이밍이라고 생각했다.

저를 믿고 맡겨주셔야 해요. 수색의 동선과 순서는 제가 결정합니다. 물론 진척되는 상황에 대해서는 수시로 말씀드릴 거고요. 모든 가능성을 열어놓고 탐색해야 해요. 일단 집 안을 먼저 수색해볼게요. 집 안 어딘가에 숨어 있을 수도 있답니다. 고양이는 겁을 먹으면 집에서라도 그렇게 하거든요. 집 안에 없으면 영심이 갈 만한 곳을 예상하면서 추적을 시작하겠습니다. 목격자도 찾아봐야 하고요. 하루가 넘어갔으니 서둘러야겠어요.

집 안을 수색하는 건 추적의 시작이다. 집을 뒤지지 않는 건 추적을 시작하지 않는 거나 마찬가지다. 그걸 나는 세 번째 의뢰인을 통해 알게 되었다. 설기라는 이름의 샴고양이를 찾아달라고 의뢰한 사람은 아파트 9층에 살고 있었다. 사라진 고양이가 탈출했을 방법은 엘리베이터나 계단밖에 없었다. 나는 돋보기와 찍찍이까지 동원해 샅샅이 수색했지만 털 한 올 나오지 않았고 목격자도 없었다. 아파트 9층에서 1층까지 세 번을 수색하고 엘리베이터 천장까지 열어보고 나서 문득 깨달은 게 있었다. 내가 집 안을 뒤지지 않았다는 것이다. 설기는 집 안에 있었다. 작은방 옷걸이 밑에 놓인 여행가방 안에 숨어, 자신을 찾으러 밖으로만 나도는 나를 지켜보고 있었던 것이다. 탐정 일을 시작한 지 얼마 되지 않았던 당시의 나는 설기가 평소 집 밖을 나선 적이 없다는 의뢰인의 말에 귀 기울이지 않았다. 그야말로 초보 탐정이 저지른 실수라는 것을 나는 순순히 인정했다. 그럼에도 불구하고 의뢰인에 대한 모종의 의심을 지울 수 없었던 것은 막무가내인 그의 행동 때문이었다. 집을 방문해 몇 가지 정보를 얻은 뒤 실내를 둘러보려는 나를 의뢰인은 강하게 제지했다. 현관문으로 들어가려는 나를 막아선 뒤 의뢰인은 누군가에게 전화를 걸었다. 설기 어디 갔어? 네가 데리고 갔지? 없어졌단 말이야! 의뢰인은 전화기에 대고 소리쳤다. 네가 아니면 누가 그런 짓을 해. 어떻게 설기를 떠날 수 있어, 어떻게 우리를 남겨놓고 떠날 수 있냐구! 이렇게 잔인한 사람이었다니 믿을 수 없어. 의뢰인은 끝내 울먹였다. 고양이를 찾는 과정에서 설기의 집사처럼 의뢰인의 사생활이 노출되기도 한다. 일하면서 알게 되는 고객 정보에 대해 함구해야 하는 건 변호사나 의사만이 아니다. 탐정으로서 나는 의뢰인의 사생활을 알게 되어도 모른 척해야 한다. 어쨌든 그때 나는 울고 있는 의뢰인을 남겨두고 현관을 나올 수밖에 없었던 것이다. 그리고 집 안에 있는 고양이를 밖에서 찾는 헛짓거리를 끝내고 나자 문득 이런 생각이 들었다. 설기의 실종 사건은 자신을 떠난 연인에게 전화를 걸어 원망의 말을 쏟아낼 구실은 아니었을까 하고. 어쨌든 설기는 다시 집사 품으로 돌아왔다. 떠나간 연인이 돌아왔는지는 알 수 없지만.

김말숙 씨가 말했다.

그렇게 할게요. 지금 제가 믿을 사람은 탐정님뿐입니다.

감사합니다. 활동비는 1킬로미터 반경을 기준으로 기본 50만 원입니다. 범위가 넓어지면 추가 비용 있고요. 고양이를 찾으면 사례비가 따로 책정됩니다.

비용은 상관없어요. 꼭 찾아주세요. 영심은, 제 전부예요.

곧 울음을 터뜨릴 것 같은 김말숙 씨의 말에 나는 최선을 다하겠습니다, 라고 대답했다. 지금으로서 내가 할 수 있는 말은 그뿐이었다. 나는 오른손을 들어

골든타임

집을 가리켰고 김말숙 씨는 피곤한 얼굴로 일어섰다.

　김말숙 씨 집은 누가 보아도 고양이가 사는 공간
이었다. 의뢰인은 영심과 단둘이 살고 모든 생활을
영심에게 맞추고 있었다는 것을 알 수 있었다. 높은
곳에서 아래를 내려다보기 좋아하는 생물체를 위해
창 전면에 현란한 캣타워가 설치되어 있었는데, 이
건 딱 보아도 기성품이 아니라 목공예가인 의뢰인이
손수 만든 것으로 보였다. 바닥부터 천장까지 이어
진 단단한 기둥과 사방으로 연결된 계단, 언제든 누
워 쉴 수 있는 해먹까지, 꿈의 캣타워라 해도 손색없
었다. 은밀한 곳에 숨기를 좋아하는 고양이의 습성을
고려한 숨숨집은 푹신한 쿠션을 갖추고서 집 안 곳곳
마다 놓여 있었다. 부엌 뒤쪽 베란다는 영심의 화장
실이었는데 타원형 통 두 개에 라벤더 향이 나는 두
부모래가 가득 채워져 있었다. 영심이 큰 것과 작은
것을 가리는 습관이 있어 두 개를 준비했다는 말을
김말숙 씨는 애틋한 표정으로 했다. 캣타워와 숨숨

집, 해먹과 화장실, 이 정도면 고양이계의 만수르쯤 되겠다고 나는 생각했다.

자신을 위해 구비된 이 모든 것을 두고서 영심은 사라졌다. 집 안 구석구석 뒤졌지만 영심은 없었다. 집 안을 둘러보며 나는 영심에 대한 몇 가지 정보를 더 알아냈다. 평소 영심이 낯선 사람에 대한 경계심이 심하다는 것, 그렇지만 의뢰인의 친구나 이웃 등의 사람들과 안면을 트고 난 뒤에는 매우 친밀하게 군다는 것, 다른 고양이와 접촉한 적은 거의 없으며 동네 길고양이가 나타나면 캣타워에 앉아 살피기만 한다는 것, 중성화 수술은 입양할 때 했고 스코디시폴드 종에게 흔한 신장 질환을 앓고 있으며 추위를 잘 타서 한여름을 빼고는 전기장판 위에서 잔다는 것 등.

중성화 수술을 했다면 번식 활동을 위해 행동반경을 넓히려는 의도로 가출한 건 아니라고 추측할 수 있다. 고양이는 일 년에 두 번 발정이 시작되면 본능적으로 다른 고양이를 찾아 집 밖으로 나선다. 가출한 고양이 상당수가 발정기인 경우이고 만약 귀가한다 해도 다음 발정기에 다시 가출할 가능성이 크다. 가출한 녀석을 집사 품에 안겨줄 때 내가 중성화 수

술을 권하는 이유다.

집 마당에서 노는 걸 좋아하는 영심이 숲이나 야산으로 돌아다니지 않는 건 호기심보다 경계심이 더 크기 때문이다. 야외에서 활동하는 고양이들은 조금 더 넓은 세상으로 나아갈 가능성이 크다. 집 뒤편의 야산이나 숲을 탐험하고 싶은 유혹을 뿌리치기 쉽지 않은 것이다. 영심이 의뢰인의 시선이 머물 수 있는 범위로 자신의 행동반경을 한정시킨 것은 영심의 내향적인 성격과 의뢰인과의 깊은 애착관계를 보여준다.

어쨌든 영심이 집 안에 없는 것을 확인했으므로 이제 외부의 추적경로를 짜야 한다. 나는 마당으로 나와 주변을 꼼꼼히 살폈다. 자연스럽게 세 개의 동선이 나왔다. 첫 번째는 뒤뜰에서 숲으로 이어지는 경로이고, 두 번째와 세 번째는 대문 앞의 아스팔트 길을 따라 좌우로 갈라지는 동선이다. 도로에 CCTV가 있는지 확인하는 것이 우선이다. 이웃의 집에도 가볼 것이고 필요하면 1킬로미터 이내의 모든 집을 방문하여 목격자를 찾고 수색해야 할 수도 있다. 영역 동물인 고양이는 웬만해서는 집으로부터 멀어지지 않기 때문에 근거리부터 꼼꼼하게 점검하는 것이 무엇보다 중요하다. 이런 내용을 나는 서두르지 않고 김말숙 씨에게 설명했다. 김말숙 씨는 내 말을 주의 깊게 듣고 나서 고개를 끄덕였다. 그럼 시작하겠습니다, 라고 말하는 내게 김말숙 씨가 말했다. 낮고 단호한 목소리였다.

유괴입니다.

네?

영심은 유괴되었어요.

그제야 기억났다. 김말숙 씨는 내게 보낸 문자메시지에서 유괴라는 단어를 썼었다. 그걸 잊어버리고 있었다.

그렇게 생각하시는 이유가?

그게.

편하게 말씀해보세요.

나는 김말숙 씨에게 의뢰인의 모든 정보는 보안이 유지된다고 강조했다. 고양이탐정 일은 생각보다 은밀하다. 추적의 발판은 반려고양이의 평소 습성을 얼마나 많이 파악하느냐에 달려 있다고 할 수 있는데, 고양이에 대해 안다는 것은 곧 반려인에 대해서도 그렇다는 뜻이다. 또한 집 밖에서 고양이의 동선을 추적하다 보면 옆집과 윗집, 아랫집을 들락거려야 한다. 이웃들의 태도는 반려인의 인간관계와 평판을 고스란히 보여준다. 평소 반려인과 잘 지내던 사람들은 연민을 드러내며 선뜻 협조해주지만, 층간소음으로 갈등을 겪었거나 고양이라는 생물을 원래부터 싫어하는 이웃이라면 수색은 물 건너가는 것이다.

김말숙 씨는 여전히 망설이고 있었다. 나는 기다렸다. 말을 해야 할지 말아야 할지 쉽게 결정할 수 없는 그 이야기에 영심을 찾을 수 있는 단서가 있다는 것을 나는 직감했다. 그건 뭐라 설명하기 힘든 탐정의 촉이었다. 유괴라 확신하면서도 입 밖으로 꺼내기 힘든 그 사정에 뭔가 있었다. 망설임 속에 단서가 숨어 있기도 하는 것이다. 드디어 김말숙 씨가 말을 시작했다.

드드의 모습을 본 것 같아요. 숲속에서요. 영심을 찾으러 뒤뜰로 나왔을 때.

드드……요?

드드, 그 이름을 처음 들었을 때 기묘한 느낌을 받았다는 것을 나는 나중에야 기억해냈다. 당시에는 그 느낌을 중요하게 생각할 겨를이 없었는데, 아주 작은 추적의 단서라도 있는지 의뢰인의 이야기에 집중하고 있었기 때문이다. 그저 반려묘의 이름치고 상당히 독특하다고 여기고 넘겼다. 그러나 시간이 지날수록 드드라는 이름에서 풍기는 어떤 느낌은 점점 강렬해지면서 나를 사로잡았다. 그건 뭔가 다가오고 있다는 감각이었고, 다가오고 있는 그것을 피할 길이 없다는 무언의 징조 같기도 했다.

가끔 영심을 찾아오는 고양이예요. 희한한 이름이죠. 드리아드를 줄인 말이라고 하더군요. 그리스 신화에 나오는 나무 요정이래요. 근데 요정이란 게 수줍음을 많이 타지 않나요? 요정이 등장하는 동화책 보면 웬만해서 인간에게 존재를 드러내지 않잖아요. 그 회색 고양이와 어울리지 않죠. 보면 아시겠지만 그 아이는 튼튼하고 당당해요. 고양이 집사인 제게도 꽤 위협적으로 느껴질 정도로요.

블루캣이군요. 회색 고양이는 블루캣이라고 부르죠. 회색에서 묘하게 푸른빛이 나니까요.

고양이 이름은 집사의 취향과 성격을 보여주죠. 고양이가 자기 이름을 짓지는 않으니까요. 드드 집사는 아마 특이한 사람일 것 같다, 그런 생각을 했죠. 아,

이건 옆집 서 작가님한테 들은 이야기예요.

가까운 곳에 사나요?

아뇨. 숲 쪽으로 조금 올라가야 해요. 하얀 이층집
이요.

멀리 사는데 여기까지 온다고요?

몇 번 왔었어요. 드드 혼자서요. 보시다시피 이 동
네는 도심하고 떨어져 있어서 주민들끼리 친한 편이
에요. 주택이라 반려동물 키우는 분들도 많고요. 어
느 집에 무슨 동물이 있는지 대충 다 알아요. 그런데
드드 집사는 왕래가 없어서 아는 게 거의 없어요. 고
양이 서너 마리 말고 가족이 있는 것 같지는 않대요.
가끔 한밤중에 차를 타고 외출한다는 것 정도? 서 작
가님도 그 이상은 잘 모르더라고요. 저도 숲으로 가
는 길에 두세 번 본 게 전부고요.

김말숙 씨는 아까 내게 권한 의자에 자신이 앉았
다. 무척 피곤해 보였고 당연히 그럴 것이다. 나는 김
말숙 씨 옆에 서서 숲을 바라보았다. 전나무와 소나
무, 편백나무가 우거진 숲은 매우 울창했고 시원해
보였다. 나무요정이 살 수도 있겠다는 생각이 들 정
도였다.

그렇다면 누가 유괴를?

드드죠. 드드가 꼬여서 데려간 게 확실해요.

네?

드드는 그럴 수 있어요.

고양이가 고양이를 유괴했다고요?

이 대목에서 나는 조금 황당했다. 3년 동안 거의 매일 고양이를 보고 만지고 습성을 공부한 전문가로서도 처음 듣는 이야기였다. 고양이가 고양이를 쫓아다닐 수 있고 따라갈 수도 있으며 함께 어울려 놀 수 있다. 그런데 고양이가 고양이를 유괴하다니, 이런 표현을 쓰는 김말숙 씨의 정신 건강이 걱정되기까지 했다. 반려묘의 실종으로 판단력이 흐려진 건지도 몰랐다.

처음 드드가 우리 집 뒤뜰에 왔을 때 뭔가를 물고 왔었어요. 개다래나무 가지였어요. 마타타비라고 하죠? 고양이가 좋아하는 잎이 달린.

캣그라스, 캣닢이라고 하죠. 마타타비락톤이라는 휘발성 물질이 있어서 마타타비라고 불리고요. 고양이의 중추신경을 가볍게 마비시키고 나른한 상태로 만들어요. 일시적인 거라 고양이에게 해가 되진 않고요.

골든타임

나도 모르게 개다래나무에 대해 줄줄 읊었다. 고개를 끄덕이는 김말숙 씨를 보며 내가 물었다.

그게 왜요?

지금 생각하니 이상하잖아요. 낯선 고양이가 우리 영심을 취하게 만들려고 개다래나무를 물고 왔다는 게요. 영심은 저하고만 지내서 세상 물정을 잘 몰라요. 드드 때문에 개다래나무도 처음 봤죠. 코를 대고 킁킁거리고 핥고 등에 비비고, 좋아서 난리도 아니었어요. 우리 영심이 하도 이상하게 굴기에 뭔가 하고 찾아보고 나서야 저도 개다래나무를 알게 되었죠. 그 후로도 가끔 드드가 개다래나무를 물고 와서 영심과 놀곤 했어요. 그때는 그냥 친구가 생겨서 좋겠거니 했는데 이런 일이.

김말숙 씨는 두 손으로 얼굴을 감쌌다. 나는 차분한 어조로 말했다.

영심이 드드를 따라간 걸 직접 보신 게 아니잖아요. 그리고 개다래나무는 거의 모든 고양이들이 좋아하는 것이고요. 그것 때문에 영심이 집을 나갔다고 판단하긴 이른 것 같습니다.

드드 집에도 가실 거죠? 가셔야 해요.

물론이죠. 영심을 찾기 위해 모든 일을 할 겁니다. 그리고 말씀드렸죠? 추적은 제가 한다는 거요.

네, 이해했어요. 그렇지만 유괴가 확실해요. 제발, 영심에게 무슨 일이 생기기 전에 찾아주세요. 제발, 부탁드립니다.

김말숙 씨는 끝내 울음을 터뜨렸다. 유괴라고 확신하는 의뢰인을 전적으로 신뢰할 수 없었지만 그 눈물 앞에서 나는 그저 고개만 끄덕였다. 자신의 전부라 여기는 생물체를 다시 못 볼 수 있다는 두려움 때문에 반려인은 평소와 다른 누군가로 변해버리기도 한다는 걸 나는 충분히 알고 있었다. 나는 다시 한번 최선을 다하겠다고 약속했다. 그리고 영심을 추적할 첫 번째 경로로 움직이기 시작했다.

의뢰인에게 털어놓을 것까지야 없지만 고양이탐정에게 숲은 무척 난해한 영역이다. 난이도를 10까지 측정한다면 9.5 정도 된다. 일단 고양이는 귀소본능이란 걸 갖고 있지 않다. 집 떠난 백구가 300킬로미터 떨어진 집으로 돌아왔다는 이야기는 있어도 고양이가 그랬다는 이야기가 없는 건 그 때문이다. 집으로 되돌아가는 본능이 유전자에 새겨져 있지 않은 고양이가 숲에서 사라졌다면 난이도 최상의 추적을 각오해야 한다. 고양이를 찾으려면 털이나 발자국 같은 단서가 첫째로 중요하고 그다음으로 목격자다. 주택가에서 실종된 고양이는 유령처럼 움직이지 않는 한 목격자가 있을 가능성이 크다. 어디로 걸어갔다거나 어디 앉아 있었다거나 하는 진술을 통해 수색 범위를 좁혀갈 수 있다. 물론 그것도 털 색깔이나 체형이 흔치 않은 품종이라야 진술의 신빙성이 높아지지만, 어쨌든 그렇다. 그런데 숲은 반경이 넓다. 털이나 발자국 같은 단서를 찾기 힘들고 목격자는 더더욱 드물다. 한마디로 추적자 앞에 너무 많은 가능성이 펼쳐져 있는 것이다.

산속에서 고양이를 추적한 사례가 두 번 있었다. 첫 번째는 노숙자의 고양이였다. 어느 날 갑자기 우리 동네 천변공원 굴다리 아래, 눈에 안 띄려야 안 띌 수 없는 빨간 텐트가 등장했다. 다음 날도 일주일 뒤에도 한 달 후에도, 텐트는 없어지지 않았다. 텐트의 주인에게는 반려묘가 있었다. 해 질 무렵이면 고양이와 함께 천변을 산책하는 모습이 동네 사람들에게 종종 목격되었고 나도 몇 번 그를 본 적이 있었다. 고양이와 산책하는 모습이 익숙해질 즈음 그가 나를 찾아왔다. 그의 손에는 묘묘탐정이라는 이름과 전화번호가 적힌 명함이 있었다. 내가 탐정사무소를 열면서 전단지를 붙이고 명함도 뿌리며 나름 영업에 신경 썼던 때였다.

사연인즉슨, 다른 날과 다름없이 천변을 산책하는데 고양이가 갑자기 달리기 시작하더니 산으로 가버렸다는 것이다. 아무 낌새 없이, 뒤 한 번 돌아보지 않고, 라고 그는 정말 심각하게 말했다. 목줄을 하셨어야지요, 라고 나는 말했다. 주변의 어떤 것이 고양이를 자극할지 인간은 알 수 없다. 지금 내 고양이가 얌전히 곁에 있다고 해서 언제나 그러리라는 법은 없는 것이다. 의뢰인은 슬픈 표정이었고 나는 탐정으로서 해서는 안 될 말을 했다는 것을 깨달았다. 지금이야 의뢰인을 탓하는 말은 금기로 여기지만, 그 당시는 산과 고양이라는 두 단어의 조합 때문에 내 머릿속이 복잡했다. 결국 나는 고양이를 찾지 못했다. 우왕좌왕 산을 헤맸고 바위 위의 털이 고양이 것인지 고라니 것인지 구별도 못 한 채 추적을 끝내고 말았다. 그토록 무능한 탐정이라니. 김완백 선배의 조수로 일할 때 숲속을 추적해보면 좋았을걸 하는 생각도 들었지만, 실종 고양이들이 내 사정을 감안해줄 리가. 아직도 그때를 생각하면 얼굴이 화끈거린다. 물론 활동비는 받지 않았다. 그 정도의 양심은 있다. 일주일 후 천변공원을 지나치다 고양이와 산책하는 의뢰인을 발견했다. 아무 일 없었다는 듯 목줄을 차고 의뢰인과 발을 맞추어 걷는 녀석을 보자 나의 무능감은 하늘을 찔렀고 뭔가 속은 느낌이 들었다. 지금은 이렇게 생각한다. 그럴 수 있는 게 고양이지. 인간 옆에 살다가 언제든 내키면 인간을 떠날 수 있는 게 고양이지. 자유의지로 인간 옆에 머물기를 선택했고 역시나 자유의지로 인간을 떠날 수 있는 생명체. 인간의 반려동물이 되었지만 인간 도움 없이 생존할 수 있는 능력을 잃지 않는 적응의 달인. 고양이의 독립성은 길들여지지 않는 야생성과 생존능력에서 나오는 것일지도. 어쨌든 내 무능감과 상관없이 녀석은 여유만만한 걸음걸이로 집사와 함께 오랫동안 천변을 산책했다. 귀가했으니 됐다, 라고 생각하며 나는 가던 길을 갔다.

　다른 한 번은 2년 전 잃어버린 고양이를 등산로에서 보았다는 의뢰인이었다. 사람 자식을 다 키워놓고 뒤늦게 고양이 막둥이를 들였다는 중년 여성이었다. 분명 자신의 고양이가 확실한데 이름을 불러도 다가오지 않고 외면해버렸다는 이야기를 하면서 의뢰인은 펑펑 울었다. 나는 의뢰인이 기억하는 고양이의 생김새를 토대로 진짜 반려묘가 맞는지부터 확인해야 했다. 털 색깔이나 무늬, 몸 크기와 형태 등을 자세히 비교해봐야 결론이 날 것이다. 의뢰인과 함께 등산로를 찾았다. 불행히도 그 고양이는 코리안쇼트헤어였고 흰 털에 검은 무늬가 있었다. 그건 어느 동네를 가더라도 그런 고양이 서너 마리쯤은 쉽게 만날 수 있다는 뜻이다. 코에 잉크가 떨어진 것처럼 커다란 점이 있어요, 우리 고양이가 맞다니까요, 라고 의뢰인은 말했다. 코의 점이 개성 있어 보이긴 하지만 코리안쇼트헤어에게 그리 희귀한 일은 아니다. 의뢰인이 반려묘를 보았다는 장소에 고양이가 있긴 했다. 두 마리였다. 통통한 쪽 고양이를 의뢰인은 계속 경식아, 경식아, 하고 불렀다. 경식이라 불린 고양이는 의뢰인을 한번 쳐다보더니 산으로 뛰어올라가버렸다. 고양이를 따라가려는 의뢰인을 만류하고 근처 바위에 앉아 이야기를 나눴다.

사람이 아무리 빨라도 고양이보다 못해요. 고양이가 영역동물이라는 건 아시잖아요. 이곳이 주 영역인 것 같으니 일단 집을 만들어주고 먹이를 주는 걸로 시작하시죠. 밥 주는 사람이라는 인식이 생기면 다가올 겁니다. 그때 포획할 기회가 있을지도 모르고요. 지금 상태로는 퇴로를 막을 수 없고 그물을 칠 수도 없거든요.

왜 나를 기억하지 못하는 걸까요? 새끼 때 데려와 분유 먹여가며 애지중지 키웠는데.

금이야 옥이야 키운 그 고양이는 어느 날 베란다의 방충망을 찢고 집을 나갔다. 의뢰인이 어떻게 해볼 새도 없이 사라져버렸다. 동네를 다 뒤졌지만 찾을 수 없었다. 죽었다고 생각했다. 그런데 이렇게 살아 있다니, 감사한 일이지요, 라고 말하면서 의뢰인은 또 울었다. 살아 있어 감사하면서도 자신을 몰라봐 서운한 그 마음을 나는 이해했다. 어쩌면 그건 종이 다른 두 생명의, 관계에 대한 다른 이해 때문에 발생한 일일지 몰랐다. 함께 보낸 시간을 여전히 품고 있는 사람과 그런 것에 개의치 않는 고양이, 야생의 고단한 삶이 안타까워 우는 사람과 안락한 잠자리에 대한 기억이 이미 없는 고양이, 둘 중 누가 더 안타깝냐 물으면 내 대답은 사람이다. 고양이가 길들임에 영원히 굴복하지 않는다는 걸 모르는 쪽은 사람이니까. 어쨌든 의뢰인은 방수와 방한이 되는 스티로폼 숨숨집을 만들었다. 경식과 그 옆자리를 지키고 있는 고양이를 위해 두 개를 만들었다. 의뢰인이 매일 산에 가 밥을 주기 시작한 지 열사흘째 경식이 의뢰인에게 다가와 제 몸을 비볐고, 스무날째 의뢰인은 경식과 친구 고양이를 입양했다. 이 소식을 알려주면서 의뢰인이 말했다. 그런데요, 탐정님. 경식이 아닌 거 있죠. 코에 점이 있어서 확신했는데 아니었어요. 귀가 경식이 것보다 더 크고 발가락도 더 굵어요. 물론 귀엽긴 마찬가지죠, 두 녀석 다요. 의뢰인의 웃음소리가 순진무구했다. 고양이들과 행복하세요, 라고 말하면서 나는 새로운 반려를 축복했다. 애초 의뢰인의 반려묘가 아니라는 데 내가 한 표 던졌었다는 건 끝

골든타임

까지 비밀이었다.

영심을 찾으러 숲속 작은 길을 걸으며 나는 코에 점이 박힌 경식과, 태식이라는 새로운 이름을 얻은 친구 고양이가 여전히 건강하고 행복하길 빌었다. 엊 그제 비가 내린 탓인지 숲속은 상쾌했고 젖은 낙엽 냄새가 났다. 미끄러지지 않도록 조심하면서 털이나 발자국이 없는지 살피며 걸었다. 반려고양이라면 목 적 없이 이곳을 지나다니지 않을 것 같은 울창한 숲 이었다.

길옆 바위 너머에서 무언가 움직였다. 걸음을 멈춰 그곳을 바라보다 미끄러져 넘어지고 말았다. 하필 엉 덩이를 찧어 마치 오줌 싼 것처럼 그 부분이 젖어버 렸다. 그런 나를 백구 한 마리가 바라보고 있었다. 그 뒤로 서너 마리의 개들이 더 있었다. 요즘 산에 유기 된 개들이 무리를 이뤄 몰려다닌다는 뉴스가 생각났 다. 등산객들을 공격하고 민가의 반려동물을 습격한 다는 내용이었다. 이런 종류의 이야기는 사람의 피해 만 강조할 뿐 유기동물의 삶에는 관심이 없다. 사랑 잃은 반려동물은 모든 걸 잃는다. 그래도 생명은 지 속되니 그들에게 남은 건 방기와 위기의 삶. 개들은 경계심을 잔뜩 품고 언제라도 내달릴 준비를 하고 나를 바라보았다. 녀석들이 견디었을 굶주림과 발길질의 시간이 스쳐갔다. 나는 개들에게 공격할 의사가 없다는 표시로 천천히 그리고 조용히 숲길을 걸었다.

숲이 끝날 즈음 하얀 이층집이 보였다. 김말숙 씨가 말한 드드의 집인 것 같았다. 삼각형 지붕에 발코니가 있는 이태리식 이층 주택으로, 지어진 지 꽤 오래돼 보였지만 군데군데 손을 보았는지 낡았다기보다 운치 있었다. 조심스레 이층집으로 다가가 주변을 살폈다. 담은 따로 없었고 여기저기 수풀이 자란 마당에는 차가 드나든 바퀴자국이 있었다. 차가 없는 것으로 보아 주인은 집에 없을 가능성이 컸다. 물론 다른 사람이 있을 수도 있었다. 현관문을 두드렸다. 대답이 없었다. 응답 없는 문을 두드리는 건 고양이탐정에게 예사로운 일이다. 그런데 나뭇잎 떨어지는 소리까지 들릴 정도로 조용한 숲속 이층집 앞에서 혼자 이러고 있는 건 아무래도 멋쩍었다. 도둑처럼 보일지도 몰랐다. 따지고 보면 도둑이 남의 집을 염탐하는 것과 고양이탐정이 집을 기웃거리는 건 크게 다르지 않다. 찾는 것이 보석이냐 고양이냐의 차이일 뿐. 보석만큼 귀한 고양이를 찾는 것이니 아주 많이 다르지는 않은 건가, 보석이나 고양이나 남의 것을 찾고 있으니 결국 같은 업종인 건가.

이런 쓰잘머리 없는 생각을 하고 있을 때 1층 베란다로 통하는 거실 창의 커튼이 흔들렸다. 그 틈으로 고양이 두 마리가 얼굴을 살짝 내밀었다. 한 마리는 덩치가 꽤 큰 코리안쇼트헤어로, 젖소 무늬를 가졌다 해서 젖소고양이라 불리는 종류였다. 다른 한 마리는 랙돌처럼 보였는데 막 성묘가 된 듯한 작은 고양이였다. 영심이 아닌 건 분명했다. 녀석들은 호기심 어린 눈으로 나를 바라보았다. 저 사람은 뭔가, 하는 고양이들의 눈빛은 언제든 나를 당황하게 한다. 이럴 땐 혼잣말이 좋다. 혹시 영심이 봤니, 라든가, 드드가 누구니, 라든가. 드드는 회색 털을 가졌다 했으니 저 녀석들 중 드드는 없는 것이다. 고양이들은 커튼 뒤로 사라졌다 다시 나타났다 하면서 숨바꼭질을 했다. 나 따위는 벌써 안중에 없었다. 집 주변을 둘러봐도 눈에 띄는 게 없었다. 이렇게 외진 곳인데도 CCTV는 설치되어 있지 않았다. 저녁에 다시 와야겠다고 생각하면서 집을 나왔다.

이층집에서 숲 바깥쪽으로 조금 걸어가니 아스팔트 길이 나왔다. 김말숙 씨 집으로 연결되는 길이었다. 자연스레 두 번째 동선으로 이어졌다. 오른쪽으로 걸어 내려가자 삼거리가 나왔고 대여섯 채의 집이 길 양편에 각각 자리 잡고 있었다. 차례로 집을 방문해 양해를 구하고 내부를 둘러보았다. 마당과 뒤뜰, 2층 베란다와 창고, 화단, 지붕까지 구석구석 뒤졌다. 그런 내게 집주인들은 모두 똑같은 말을 했다. 글쎄요, 그런 고양이는 못 본 것 같은데. 고양이 울음소리를 듣지 못했느냐는 질문에도 마찬가지였다. 가끔 고양이 소리가 들리긴 하는데, 어젯밤에는 못 들었어요.

　다섯 번째 집 담벼락을 살펴볼 때 CCTV가 눈에 들어왔다. 망설임 없이 초인종을 눌렀다. 앞치마에 물감을 잔뜩 묻힌 젊은 여자가 문을 열어주었다. 나는 정중하게 상황을 설명하고 어제 오후부터 오늘까지의 CCTV 영상을 볼 수 있겠냐고 물었다. 여자는 친절하게 그러라고 대답했다. 김말숙 씨의 이름을 대자 몇 번 보아 안면이 있다는 말을 덧붙이며 CCTV의 칩을 건네주었다. 이런 경우는 매우 운 좋은 편에 속한다. CCTV 영상을 보고 싶다 하면 사람들은 지레 겁부터 내고 방어적인 태도를 보이기 마련이다. 혹시 자신도 모르는 사이 뭔가 안 좋은 일에 연루되었을지도 모른다는 불안감이 앞서는 것이다. 칩에서 파일을 찾는 일도 그들 입장에서는 세상 번거로운 일이다. 부탁을 거절해도 내가 물러서지 않고 계속 요청할 경우 다소간 거친 반응도 감수해야 한다. 경찰도 아닌데 왜 달라는 것이냐, 사기꾼같이 생겨서 형사 행세냐, 뭐 그런 유의 말들이다. 만약 CCTV가 가게에 설치되어 있는 경우라면 영업 방해로 고소하겠다는 협박도 자주 듣는다. 그에 비하면 오늘 수색 과정에서 만난 이들은 기꺼운 마음으로 친절을 베풀어주고 있다. 제발 이런 행운이 영심의 귀가로 이어지길.

나는 태블릿에 칩을 꽂아 넣고 어제 날짜를 검색해 오후 세 시부터의 영상을 훑기 시작했다. 오가는 사람과 차들이 보였고 특별한 건 없었다. 지나가는 고양이는 세 마리였다. 모두 코리안쇼트헤어였고 치즈냥이보통 밝은 갈색에서 노란색을 띠는 고양이들을 말한다. 털색이 치즈 색깔과 비슷해서 붙인 별칭 들이었다. 배속을 빨리해서 보기 시작했다. 15분 정도 지났을까, 갑자기 화면이 흔들렸다. 가로등이 좌우로 움직이고 주차된 차가 흔들렸다. 마치 지진이 일어난 곳을 찍은 뉴스 화면처럼 보였다. 강도가 그다지 세지 않았지만 분명 지진파가 이곳을 통과한 걸로 보였다. 오늘 새벽 2시 58분부터 3시 1분 10초에 걸쳐 있었다. 그 후 화면은 다시 멀쩡해졌다. 나는 여자에게 혹시 그 시간에 진동을 느끼지 않았느냐 물었다. 여자가 잠시 생각한 뒤 새벽에 화장실 가느라 깼을 때 집이 조금 흔들리는 것 같긴 했다고 대답했다. 그 뒤의 영상에서도 단서가 될 만한 건 없었다. 나는 고맙다고 인사하고 집을 나섰다.

길 양편으로 늘어선 집들 가운데 마지막 집에 이르렀다. 적갈색 벽돌 담에 감색 지붕인 것으로 보아 김말숙 씨가 일러준 서 작가라는 사람의 집인 듯했다. 드드의 하얀 집에서 시작해 두 번째 동선 끝에 다다를 때까지 아무런 소득이 없었다. 단서가 될 만한 것도 없었고 영심을 봤다는 이도 없었다. 마음이 조급해지려는 걸 스스로 다독였다. 아직 추적 초반이다, 살아 있는 생명이니 반드시 어딘가에 흔적이 있다, 차분히 그리고 집요하게 가보는 거다.

서 작가 집에 김말숙 씨가 와 있었다. 두 사람은 현관 옆 데크에 앉아 있었다. 고생이 많으십니다, 라고 서 작가가 말을 건넸다. 그는 백발이었지만 눈이 크고 맑아 어쩐지 나이 들어 보이지 않았다. 영심을 봤대요, 라고 김말숙 씨가 서둘러 말했다.

누가요? 어디서요?

서 작가가 대답했다.

어젯밤, 우리 딸이 고양이 두 마리를 봤다네요. 정확히는 오늘 새벽이죠. 차를 몰고 집으로 오는 길에요. 한 마리가 호랑이 무늬 비슷해서 영심인 것 같다고.

어디서요?

작은 임로를 타고 이 동네로 들어오는 길이 있거든요. 그 길에서 봤다고 해요.

서 작가 대신 김말숙 씨가 대답했다.

혹시 하얀 집에서 걸어 내려오면 만나는 삼거리에서 왼쪽 길인가요?

그렇죠.

우리 딸이 커브를 도는데 두 녀석이 도로를 가로질러 가고 있더라는 거예요. 끼익 소리가 날 정도로 브레이크를 밟았다고, 하마터면 칠 뻔했다고 가슴을 쓸어내렸다고요. 처음에는 고양이인 줄도 몰랐대요. 파란빛이 나는 이상한 생물체 같았다나.

이상한 생물체요?

파란빛이 둥둥 떠다니는 것 같았다고.

네?

우리 딸도 자기가 본 걸 믿을 수 없어서 꿈을 꾼 건가, 했더라니까요. 여기는 네온사인이나 가로등이 없어 밤에는 정말 어둡거든요. 그러니 파란빛이 이상하지요. 반딧불이라기에는 너무 크고 그게 지금 나올 계절도 아니고요. 도깨비불인가 싶어 무서웠다고, 그런데 자세히 보니 고양이었다고. 고양이 몸에서 파란빛이 난 거였대요. 고양이가 두 마리였는데 유독 한 마리에게서만 빛이 흘러나왔다고 해요. 영심처럼 생긴 고양이한테서요.

야광 하네스나 옷 때문에 그렇게 보인 건 아니고요? 아니면 형광 목걸이일 수도 있고요. 요즘 반려동물을 그렇게 꾸미기도 하거든요. 밤 산책할 때 잃어버릴까 봐요.

내가 말했다. 고양이에게서 빛이 나온다면 그렇게 추측하는 것이 가장 합리적이었다. 고양이라는 생물이 자체 발광 할 리는 없으니까. 빛이 투과하기 어려운 심해에서 스스로 빛을 내는 물고기가 있다는 말은 들어봤지만 말이다.

아, 그럴 수 있겠네요. 혹시 그런 옷 입혔어?

서 작가가 김말숙 씨에게 물었다.

우리 영심은 옷이나 목걸이 싫어해요.

내가 서 작가에게 물었다.

따님은 왜 영심일 것 같다고 생각했을까요?

우리 딸이 영심을 얼마나 예뻐하는데요. 자주 보니 잘 알기도 하고요. 영심이 몸 전체에 가로줄 무늬가 있잖아요, 호랑이처럼요. 귀도 짤뚝하고요. 어젯밤 그 고양이도 귀가 짤뚝하고 호랑이 무늬가 있었대요. 그래서 맞는 것 같다고. 같이 있던 고양이는 발을 조금 절고 있었고요. 회색 고양이가 앞장서고 파란빛의 고양이가 뒤따르고요.

고양이들은 어디로 갔다고 하던가요?

도로를 가로질러 숲 아래쪽으로 내려갔다네요.

탐정님, 제가 말했잖아요. 드드가 유괴했다고요. 드드 집 수색했어요?

집에 가보긴 했어요. 집주인이 없으니 집 안을 살

피지는 못했고요. 이따 저녁에 다시 가볼 생각입니다.

나는 추가적인 사실 확인이 필요했다.

저기, 따님 지금 집에 있나요?

우리 딸은 여기 살지 않아요. 독립한 지 6개월 되는데 제때 밥을 안 챙겨먹는 것 같아서 반찬 몇 가지 만들었어요. 그거 가져가려고 온 거였죠. 다른 거라면 들은 척도 안했을 텐데 지 좋아하는 잡채 해놨다니까 왔죠. 자정 넘어까지 야근하느라 그 시간에 집에 온 거고요. 개발자로 일해요. 프로그램 같은 거 짜고 AI도 개발하고 그런다는데, 그 회사가 스타트업으로 시작했는데 투자를 받아 곧 상장된다네요.

뿌듯한 표정의 서 작가에게 나는 따님과 직접 이야기를 나누고 싶다고 했다. 서 작가는 흔쾌히 딸의 휴대폰 번호를 건네주었다. 나는 전화를 걸어 그가 봤다는 것에 대해 물었다. 서 작가가 해준 이야기와 거의 같았다. 파란빛에 대해 더 자세히 이야기해달라고 말했다. 혹시 야광 재질의 옷 같은 건 아니었는지도 물었다. 서 작가의 딸이 대답했다.

저도 본 적 있어요. 밤에 댕댕이들이 야광 하네스하고 산책하는 거요. 근데 그런 거랑은 차원이 달랐어요. 그게요, 잘 모르겠어요. 그런 걸 본 적이 없어서. 뭔가 비현실적이라고 해야 하나, 초현실적이라고 해야 하나. 파란빛이 옆으로 퍼지는 게 아니라 덩어리처럼 울렁거렸거든요. 액체 괴물 슬라임 아시죠? 젤리 같은 거요. 그런 게 고양이를 감싸고 있었다니까요. 근데요, 선생님, 아, 탐정이라고 하셨죠? 그걸 바라보고 있는 제 마음이 뭐랄까, 쓰리다고 해야 하나, 아프다고 해야 하나, 가슴이 먹먹해지는 그런 거 있잖아요. 어, 혹시 오해하실까 봐 말씀드리는데 제가 평소 이런 말 쓰는 사람이 전혀 아니거든요. 전형적인 이과 사람이거든요. 근데 이렇게 표현할 수밖에 없네요. 가슴이 아팠어요.

이건 또 뭔가. 액체 괴물 같은 파란빛이라니, 그걸 보고 가슴이 아팠다니. 이과 사람이지만 '극문과형'으로 감성을 표출해도 오해는 하지 말아달라? 마음속에 경고음이 울렸다. 처음 이 사건을 의뢰했던 김말숙 씨의 메시지를 받았을 때 나던 사이렌 소리였다. 마음이 복잡해졌다. 배 속에서 기분 나쁜 뒤틀림이 일어났다. 잠시 화장실을 쓰겠다고 집주인에게 양해를 구했다. 볼일을 보면서 탐정의 자세에 대한 나의 원칙을 되새겼다. 섣불리 판단하지 말 것, 모든 가능성을 열어놓을 것, 상황이 복잡할수록 액션을 단순화할 것. 자체 발광 한다는 그 고양이가 영심인지 아닌지 섣불리 판단해서는 안 된다. 지금 탐정으로서 내가 해야 할 일은 도로의 CCTV를 확인하는 것과 목격자 진술을 토대로 추적의 단서를 찾는 것. 영심과 비슷한 생김새의 고양이를 목격했다는 사람이 나타났으니 일단은 조사해볼 필요가 있다. 다리 저는 회색 고양이, 드드의 어제 행적은 집사를 만나 확인해보면 될 일이다. 해야 할 일을 정리하다 보니 사이렌 소리가 잦아들었다. 배 속도 조용해졌다. 나는 일어섰다.

숲속 하얀 집으로 가기 전 서 작가의 딸이 영심을 목격했다는 장소로 갔다. 겨우 차 두 대가 왕래할 수 있는 오래된 도로였다. 오르막길이 시작되는 지점에서 여섯 번째 커브라고 서 작가의 딸이 가르쳐주었으므로 나는 산 아래까지 차를 몰고 갔다가 다시 올라왔다. 차들이 많이 오가는 길은 아니었다. 여섯 번째 커브가 나타나 길 한편에 차를 세우고 내렸다. 숲 한가운데를 뚫어 도로를 개설했는지 오른편과 왼편 모두 숲이었다. 이런 길은 동물들의 로드킬이 잦다. 어젯밤 두 마리의 고양이도 하마터면 그럴 뻔했다고 서작가의 딸은 말했다.

도로 양편에 방범용이나 도로관리용 CCTV가 전혀 없었다. 야심한 밤에 이렇게 외진 도로에서 고양이들을 본 목격자가 있다는 것 자체가 거의 기적에 가까웠다. 도로를 건너 숲 아래쪽으로 가보았다. 나뭇잎과 풀이 수북한 가운데 동물들이 오가는지 길이 나 있었다. 목격자는 영심이 도로를 가로질러 숲 아래쪽으로 내려갔다 했으니 진술대로라면 영심은 이 길을 걸어갔을 가능성이 크다. 나는 낙엽들 사이로 혹여 털이나 발자국이 있는지 살폈다. 크게 눈에 띄는 건 없었다. 30분쯤 걷고 나니 숲이 끝나는 지점에 다다랐다. 아래로 마을과 연결되어 있었다. 작은 길 위에서 동네를 내려다보았다. 가로등이 켜지고 불빛들이 형형색색으로 빛나며 사람들이 사는 마을의 밤을 밝히고 있었다. 영심은 저 너머 어디쯤 있는 것일까.

자신을 삶의 전부라 생각하는 김말숙 씨를 떠나 왜 이곳까지 와야 했을까. 순간 나는 지구상에 존재하는 모든 고양이들이 들을 수 있도록 큰 소리로 영심아, 라고 외칠 뻔했다. 높은 곳에 올라 아래를 내려다보면 악을 쓰고 싶은 본능이 누구에게나 있는 건가.

약간 허탈해져서 뒤돌아서는데 전봇대에 설치된 CCTV가 보였다. 관공서가 관리하는 다목적 CCTV였고 범죄 예방 등 공익 목적을 위하여 설치한다는 안내문구가 적혀 있었다. 「공공기관의정보공개에관한법률」에 따르면, 공공기관은 CCTV 영상자료의 열람을 원하는 이에게 비공개 대상의 영상물이 아니라면 자료를 제공해야 할 의무가 있다. 해당 영상물에서 타인의 얼굴을 모자이크로 처리하고 신청인에게 수수료를 징수하는 절차를 거친다. 그런데 시간이 너무 많이 걸린다. 영화나 드라마처럼 CCTV 관제센터의 모니터를 보면서 즉시 화면을 찾아 돌려 보는 건 우리 같은 민간인의 영역이 아닌 것이다. 먼저 정보공개 청구서를 작성하고 결과를 기다려야 한다. 보통 일주일에서 10일 정도 걸리는데 그걸 기다리는 시간에 실종된 고양이를 찾을 가능성은 점점 줄어든

다. 열람한다 해도 화질이 좋지 않거나 작동이 되지 않는 경우도 있어 애로가 많은 편이다. 그래도 시도해볼 건 모두 해보는 것이 나의 원칙. 나는 김말숙 씨에게 전화를 걸어 CCTV 번호를 인러주고 영상자료 열람을 신청해야 한다고 말했다. 태블릿의 스케줄러에도 'CCTV 확인 요청'이라고 적어 넣었다. 이제 드드 집사를 만날 차례였다. 만약 하얀 집에 그가 없다면 밤을 새서라도 그를 기다려야겠다고 생각하면서 나는 몸을 돌렸다.

드드 집사의 이름은 이수언이었다. 서 작가는 동네 '오지라퍼'답게 동네 주민들에게 전화를 걸어 하얀 집에 사는 그의 이름과 휴대폰 번호를 알아내 내게 알려주었다. 나는 그에게 전화를 걸기 전 문자메시지를 먼저 보냈다. 영심이라는 고양이를 찾고 있으며 귀하의 고양이 드드가 연루되어 있을지도 모른다는 정보를 입수하였다, 번거로우시겠지만 반려동물의 생명이 달린 문제이니 최대한 빨리 연락 주시면 감사하겠다, 는 내용이었다. 이수언 씨는 바로 응답했다. **지금 거의 집에 도착했으니 10분 후에 집으로 오시겠어요. 위치는⋯⋯.**

이수언 씨의 첫인상은 평범했다. 반려묘에게 드드라는 희한한 이름을 지어줄 정도로 독특하게는 보이지 않았다. 사람의 독특함이 꼭 외모에서 드러난다고 볼 수는 없지만 솔직히 헤어스타일이나 옷차림 정도는 보통 사람과 다를 거라 예상했다. 차에서 내린 그는 베이지색 면바지에 남색 셔츠를 걸치고 있었다. 나는 명함을 건네주며 인사했다. 저녁 드셨어요, 라고 그가 대뜸 물었다. 스파게티 만들 건데 같이 드실래요, 라는 말에 나는 괜히 허둥지둥했다. 하루 종일 영심을 찾아다니느라 배가 고프기도 했다. 내가 승낙도 거절도 못 하고 머뭇거리는 사이 그는 나를 집 안으로 안내했다.

고양이 두 마리가 '옹야옹야' 소리를 내며 이수언 씨를 맞았다. 커튼 뒤로 숨바꼭질 하던 녀석들이었다. 나를 보고 경계하듯 거리를 두었다. 이수언 씨가 고양이들의 머리를 쓰다듬으며 말했다. 까옹, 모모, 이분은 탐정이셔. 배고프지, 밥 먹자. 밥이라는 단어

골든타임

를 알아들었는지 고양이들이 다다다 그를 앞질러 식판이 놓인 곳으로 뛰어갔다. 저 녀석들 중 드드는 없다. 다리를 저는 회색 고양이는 어디 있을까.

제가 요리하는 동안 집 안을 둘러보겠어요? 영심이라는 고양이가 혹시 있을지도 모르니까요. 아, 드드와 인사해야지요.

나는 놀랐다. 이수언 씨는 이웃 고양이의 실종에 자기 고양이가 연루되었을지도 모른다는 사실에 불쾌해하거나 의문을 품는 기색이 전혀 없었다. 그럴 수도 있지, 하는 그의 표정은 삶에서 이보다 더한 일도 겪었다는 듯 묘한 여유가 느껴졌다. 게다가 내가 먼저 부탁하지 않았는데도 선뜻 집을 둘러보라고 배려해준 데 대해 나는 진심으로 감사를 표했다. 이수언 씨는 거실 벽의 캣타워를 바라보며 드드, 하고 불렀다. 드드, 하고 두 번째 불렀을 때 맨 꼭대기 숨숨집에서 회색 고양이가 얼굴을 스윽 내밀었다. 앞발을 내딛고 이윽고 뒷발까지 숨숨집을 벗어나자 고양이치고 매우 큰 덩치와 좌르르 윤기가 흐르는 실크 같은 회색 털이 완전히 드러났다. 거대 고양이는 몸을 한껏 늘여 기지개를 켰다. 이건 숫제 표범이나 치타를 연상케 하는 크기였다. 드드는 천천히 캣워크와 계단을 걸어 내려왔다. 다리를 절고 있었지만 보기 불편하다거나 애처롭다거나 하는 느낌은 전혀 없었다. 오히려 드드는 매우 위풍당당했다. 꼬리를 직각으로 치켜세우고 천천히 한 걸음씩 내딛는 것이 용모 반듯하고 잘 자란 반장 같았다. 나는 거대 고양이에 홀린 듯 눈을 뗄 수 없었다.

잘 잤어, 드드?

냐앙, 큰 덩치에 어울리지 않는 귀여운 목소리를 내며 드드가 이수언 씨의 다리에 몸을 비볐다.

어제 새벽에 들어오더니 지금까지 잠만 잤나 봐요. 아침에 곯아떨어진 걸 보고 출근했거든요.

이수언 씨가 말했다.

새벽이요?

아마 3시 조금 넘어서 들어왔을 겁니다.

외출하는군요. 그리고 집에 돌아오고요.

드드가 드나드는 출입문이 있어요. 드드는 반드시 집으로 돌아옵니다. 집을 잃어버리지 않죠. 그렇지, 드드?

냐앙.

이제 요리를 해야 해서. 궁금한 건 먹으면서 이야기 나눌까요?

아, 네.

이수언 씨가 드드를 향해 말했다.

드드, 탐정님이 집을 둘러볼 수 있게 안내해드릴래?

냐앙.

2층부터 가봐.

냐앙냐앙.

네 출입문도 보여드리고.

냐아아앙.

거대 고양이는 곧 한국말을 할 기세였다. 집사와 대화가 되는 고양이를 몇 번 보았지만 드드처럼 꼬박꼬박 말대답을 하는 경우는 처음 보았다. 이수언 씨는 주방으로 걸어갔고 드드는 내 앞에 서서 꼬리를 좌우로 천천히 흔들었다. 어서 나를 따르시오, 라고 말하듯이. 나는 드드를 따라 계단을 올랐다. 2층은 벽이 없이 사방으로 트인 넓은 공간이었다. 책상과 의자, 작은 책장이 놓여 있었다. 커다란 통창을 통해 어둑해진 숲의 나무들이 보였다. 발코니로 나가 좌우를 살피고 아래 공간도 내려다보았다. 1층으로 내려와 안방과 화장실, 창고를 차례로 둘러보았다. 드드의 출입문은 계단 밑 창고에 있었다. 나무문 하단을 사각형으로 잘라내고 폴딩도어를 달아 반려동물이 언제든 오갈 수 있도록 만들었다. 탐정으로서 나는 그 어느 때보다 꼼꼼히 집 안을 살폈다. 드드는 나보다 한 발자국 앞에서 나를 이끌었고 내가 공간을 둘러볼 때까지 기다려주었다. 놀랍도록 영리한 고양이가 아닐 수 없다. 나보다 아이큐가 좋을 수도 있겠다는 생각을 잠깐 했다. 그렇다면 영심을 꼬여낼 수도? 설마. 아무래도 그건 오버다. 어쨌든 이수언 씨의 집에 영심은 없었다. 이 집에 들어설 때부터 나는 어쩐지 그럴 거라 생각했다.

스파게티는 맛있었다. 솔직히 내가 먹어본 것 중 최고였다. 혹시 요리사가 직업인지 궁금했는데 이수언 씨의 이야기를 끊을 수 없어 물어보지 못했다. 이수언 씨는 담담한 목소리로 고양이들과 집, 그리고 어머니에 대해 말했다. 처음 보는 내게 그는 많은 이야기를 들려주었는데 나는 그게 부담스럽다거나 불편하지 않았다. 드드는 밥을 먹은 뒤 다시 캣타워의 숨숨집으로 올라갔다. 까웅과 모모는 커튼을 장막 삼아 숨바꼭질을 했다. 나는 어둠이 짙어진 숲을 바라보며 나무요정은 어떻게 생겼을까 문득 궁금해졌다. 어쩐지 거대한 회색 고양이의 이름은 사람이 아니라 고양이 스스로 지었을 수도 있겠다는 생각이 들었다. 이런 잡념들이 머릿속에서 잠시 머물다 사라질 동안 이수언 씨의 이야기는 숲의 바람처럼 불어와 내게 머물렀다.

이수언 씨는 3년 전 이곳으로 이사했다. 원래는 어머니 집이었다. 아버지가 오랜 투병생활을 끝내고 생을 마쳤을 때, 어머니는 미련 없이 도심의 아파트를 팔았다. 도시의 끝자락에 위치한 이 동네에서 가장 외지고 오래된 집을 샀다. 밥이라도 챙겨주면 고맙겠다고, 집을 파는 사람이 부탁했던 고양이 두 마리도 입양했다. 까웅과 모모. 그러던 어느 날, 어머니는 미국으로 가겠다고 했다. 그동안 세도나의 영성 그룹과 온라인을 통해 회합해왔고 이제 남은 생을 그들과 함께하겠다고 했다. 고양이는 데려가지 않겠다는 어머니의 말에 그는 말했다. 고양이들을 부탁한다는 말은 하지 마세요, 제게 그럴 의무는 없습니다. 어머니는 말했다. 무책임하다고 엄마를 비난해도 좋아. 하지만 나도 살아야 하지 않겠니? 아침에 일어나 네 아버지의 기저귀 가는 일 대신 무엇을 해야 할지 알 수 없었어. 이걸 어떻게 표현해야 할까. 흘러가는 시간과 다가오는 시간 사이에서 옴짝달싹하지 못하고 끼어버린 느낌이랄까. 내 한 몸 건사하지도 못하면서 동물을 입양한 건 무모한 짓이었지, 알고 있어. 그러나 오늘 하루를 어떻게 보내야 하는지, 오후 반나절 동안 무엇을 하며 지낼지, 한 시간 후, 일 분 후에 내가 어디에 있어야 하는지 도무지 알 수 없었던 내가, 그래도 밥을 먹고 잠을 자면서 삶이라는 것을 놓아버리지 않았던 건 두 녀석 때문이었다.

자식보다 낫다, 라고 그는 생각했다. 엄마가 깊은 우울에 빠져 있다는 것을 눈치챘지만 아들로서 그가 해줄 수 있는 건 좋은 의사가 있는 신경정신과를 알아봐주고 가끔 안부를 묻는 것 정도였으니까. 그렇다 해도 고양이 두 마리라니, 이건 너무 버겁다.

이제는 버텨내는 것 말고 다른 삶을 살아보려 해. 조금은 가뿐한 세계로 나가보려 해. 수언아, 내 아들, 네가 한 번만 나를 좀 봐주면 안 되겠니? 그는 대답

골든타임

할 수 없었다. 어머니는 대답이 필요치 않은 사람처럼 굴었다. 공항의 출국 게이트 앞에서 그는 물었다. 돌아오실 거죠. 어머니는 말했다. 난 언제나 너와 함께 있어, 내 아들, 사랑한다. 그날, 그는 어머니를 보내드리고 이층집으로 왔다. 까옹은 배가 고픈지 웅야웅야 소리를 내며 그의 곁을 맴돌았고 모모는 어머니의 침실에서 두문불출이었다. 두 녀석들 그릇에 사료를 채워주고 화장실을 치우고 거실에 앉았다. 집 안은 조용하고 아작아작 사료 씹는 소리만 들렸다. 그는 일어나 집을 나왔다. 이상하게 초조한 마음을 어쩌지 못하고 숲속을 거닐 때 드드를 만났다. 자작나무의 굵은 가지에 앉아 자신을 내려다보는 회색 고양이는 마치 다른 세계에서 이곳으로 막 건너온 나무요정 같았다.

드드를 본 순간 눈물이 흘렀어요. 한참 동안 드드를 바라보며 그렇게 서 있었죠. 왜 그랬는지 그때는 알 수 없었습니다.

지금은 알고 있나요?

사실은 내내 그랬던 것 같아요. 마음속으로, 한 번만 나를 봐주면 안 되겠니, 라고 어머니가 말했을 때부터. 그런 부탁을 하는 어머니에게 내가 얼마나 이기적인 자식이었는지 깨달았으니까요.

그때 드드를 집에 데려온 건가요?

그럴 상황이 아니었어요. 이층집으로 선뜻 들어올 용기가 나지 않았어요. 어머니 없는 어머니 집에 들어와 살 자신이 없었던 것 같아요. 드드 역시 한동안 내 곁을 맴돌기만 했고요. 내가 다가가면 멀어지고 내가 뒤돌아서면 나를 따라오고. 딱 열 걸음 정도의 거리만을 허락했어요. 나는 퇴근하고 어머니 집에 들러 까옹과 모모의 밥을 주고 화장실을 청소했어요. 그러고는 집을 나와 숲을 거닐었죠. 그럴 때마다 드드를 만났고요. 마치 나를 계속 주시하고 있었던 듯 적당한 곳, 적당한 때에 드드는 어김없이 나타났어요. 이상한 기분이 들 법도 한데 그때는 그게 자연스럽게 느껴졌어요. 드드와 함께 걷고 또 앉아 쉬고, 말을 건네고, 그러면서 자책하고 원망하고 화를 내고 슬퍼하고, 누가 보면 미친 사람 같았을 거예요. 그러고 나면 마음속에서 뭔가 스르르 풀려나가는 느낌이었죠. 그리고 제가 어머니 집으로 이사한 날, 드드가 내 곁으로 왔어요. 적당한 곳, 적당한 때가 되었다는

골든타임

듯 자연스러웠어요.

이수언 씨의 목소리가 촉촉해졌다. 드드의 숨숨집을 바라보며 내가 말했다.

무척 영리해요.

나보다 더 똑똑하잖아, 이런 생각 했죠?

나만 그런 게 아닌 거죠? 안심이네요.

이수언 씨가 웃었다. 예쁘고 예의 바른 웃음이었다. 이 집은 고양이든 사람이든 참 바르게 잘 자란 티가 나는구나. 나는 어쩐지 조금 주눅이 들었다.

이 집으로 들어오고서야 까옹과 모모가 얼마나 외로웠을지 알게 되었죠. 모모는, 작은 고양이요, 그 녀석은 어머니가 침실로 쓰던 방에서 며칠 나오지 않았어요. 어머니 껌딱지였고 잠도 같이 잤으니까요. 이제는 괜찮아요.

사랑이 답이니까요.

지금은 우리 집 잔소리꾼이에요. 밥이 늦었다, 화장실 치워라, 따뜻한 물 대령해라, 창문 닫아라, 어찌나 잔소리를 해대는지.

오늘은 조용하네요.

손님이 있어서 그런가 봐요.

외로울 틈이 없겠어요.

집사는 외롭지 않아요. 아시잖아요.

어느새 드드가 소리 없이 다가와 이수언 씨의 다리에 몸을 비볐다. 드드의 머리를 쓰다듬으며 그가 말했다.

드드가 너무 똑똑해서 영심을 꼬여냈다고 생각하죠?

어, 그게, 아직 잘 모르지만…… 어떻게 알았어요?

드드가 친구들을 집으로 데려오거든요. 말하자면 '인싸' 고양이죠. 저와는 딴판입니다.

친구요? 영심도 친구인가요?

아마 그럴지도요.

어제 드드가 영심과 함께 있었나요? 영심은 어디 있어요?

나는 고양이탐정. 한시도 내 임무를 잊은 적 없다고 생각했는데 이런, 잊고 있었다. 스파게티 때문인가 아니면 세도나로 떠났다는 그의 어머니 때문인가. 이야기에 빠져 본업을 내팽개치고 있다니. 나는 영심을 찾아야 한다. 접힌 귀를 가진 세상 물정 모르는 순진한 고양이를. 집 나간 지 이틀째, 골든타임이 지나

골든타임

간다.

어제 드드가 영심을 만났는지는 잘 모르겠어요. 말씀드렸듯 드드가 외출해서 새벽에 들어왔으니까요. 그런데,

그런데요?

영심이라는 고양이는 당분간 돌아오지 않을 겁니다.

네? 그게 무슨 말이에요?

영심은 잠시 떠났어요. 하지만 돌아올 겁니다.

어디로요?

여행이라고 해두죠. 고단하지만 의미 있는 여행이요.

나는 알쏭달쏭한 말만 늘어놓는 그가 못마땅해지기 시작했다.

이수언 씨, 알아듣게 말씀해주시면 감사하겠습니다. 이건 그냥 고양이가 아닌 고양이에 대한 거니까요. 영심을 기다리는 집사를 생각한다면, 자기의 전부를 잃어버릴지도 모른다는 생각으로 괴로워하는 이를 생각한다면, 부탁드립니다.

저도 그 이상은 잘 몰라요. 드드가 제게 모든 것을 알려주지는 않으니까요.

이수언 씨는 정말 모르는 얼굴로 말했다. 내 앞의

그가 나쁜 사람은 아닌 것 같은데 믿을 만한 사람인지는 알 수 없었다.

영심이 사라졌어요. 그게 여행이든 가출이든 유괴든 어쨌든 집을 떠났다구요. 그게 드드와 무슨 상관이 있는 거죠? 왜 영심은 사라지고 드드는 돌아온 거죠?

드드가 돌아왔으니 영심도 돌아올 겁니다. 언제일지, 그건 저도 모릅니다. 정말이에요.

아, 이런.

나는 제법 큰 소리를 내고 말았다. 그 순간 드드가 내 다리에 제 몸을 비볐다. 드드를 바라보았다. 드드의 주홍색 눈에서 푸른빛이 이글거렸다. 조용하지만 치열하게 타오르는 파란 불길 속에서 언뜻 영심의 모습이 보이는 것 같았다. 나는 어지러웠다. 이 집에 흐르고 있는 공기가 다른 세계의 것처럼 낯설게 느껴지기 시작했다. 나는 마지막으로 물었다.

드드의 이름은 누가 지었나요?

어머니요. 사진을 찍어 보냈더니 드리아드, 나무요정이라는 이름을 지어주셨어요.

혹 제게 알려주어야 할 게 더 생각나면 꼭 연락주

세요. 이만 가볼게요. 밤늦게까지 실례가 많았습니다.

언제든 오셔도 됩니다. 요리를 해드릴게요.

저, 네. 스파게티 잘 먹었습니다.

나는 일어섰다. 스파게티를 세상에서 가장 맛있게 요리할 줄 아는 이수언 씨와 나무요정의 이름을 딴 그의 고양이 드드. 나는 그들과의 만남이 생각보다 훨씬 강렬하고 길어질 거라는 예감이 들었다. 몸을 돌리기 전 드드를 바라보았다. 어느새 그 눈동자는 보통의 것으로 가라앉아 있었다.

할머니가 자다 깬 얼굴로 나를 맞았다. 열다섯 살 시츄 꼬동은 뭔 일인가 하며 할머니를 따라 나와 하품을 했다. 다섯 살 먼치킨 고양이짧은 다리로 유명한 고양이 품종으로 털 색깔과 무늬는 다양하며 사람을 좋아하고 활동적이다 몽몽은 냐옹거렸다. 벽시계가 밤 12시를 가리키고 있었다.

왜 이렇게 늦은겨? 일이 잘 안 된 거여?

할머니가 물었다.

첫날인데, 뭘.

첫날에 안 잡히면 힘들자녀. 그 뭐냐, 골드미슨가 뭔가.

맨날 말해줘도 까먹어. 골든타임.

그라제. 금마냥 귀한 시간이라제. 그나 금순이 알제? 새끼를 다섯 마리나 낳았댄다.

다섯 마리! 할머니, 중성화하라고 말 안 해줬어?

말했제. 양평댁이 말을 들어야 말이제.

금순은 내가 묘묘탐정이라는 이름을 내걸고 처음 의뢰받은 고양이였다. 할머니의 동네 친구, 할머니가 양평댁이라 부르는 사람이 금순의 주인이었는데 나의 첫 의뢰인이었던 것이다. 정확히 말하자면 양평댁이 내게 의뢰한 것은 아니었다. 양평댁은 금순을 찾을 생각이 없었다. 집 나간 짐승을 뭐 하러 찾느냐며 배고프면 기어들어오겠지, 했다. 그런 양평댁에게 할머니가 우격다짐으로 찾아준다고 약속을 한 것이다. 내가 묘묘탐정이라는 간판을 내걸고 독립적으로 일을 시작하자 할머니는 그동안 못 미더워하던 태도를 바꾸어 매우 적극적으로 영업이란 걸 했다. 김완백 선배의 일을 도우러 다닐 때만 해도 기술 배워라, 허송세월 보내다 독거노인 된다고 했던 양반이었다. 그렇게 적극적인 영업에 포섭된 첫 번째 고객이 양평댁이었다고 표현해야 정확할 것이다. 나는 내 이름을 건 첫 일감이라는 부담감에서 조금은 자유로울 수 있었는데, 찾아도 그만, 못 찾아도 그만이라는 생각이 솔직히 있었기 때문이다. 그렇다고 일을 허투루 한건 아니었다. 내 마음이 그랬다는 거다.

그런 마음이 현실을 끌어당긴 것인지 금순은 아주 싱겁게 잡혔다. 금순은 이웃집에 있었다. 금순의 집에서 서너 집 건너 사는 아주머니 품에 안겨 있는 걸 할머니가 발견했다. 할머니는 영업만 적극적으로 한 게 아니라 실제로 탐정 노릇까지 했다. 내가 금순에 대한 정보를 분석하고 동선을 짜고 하는 사이, 할머니는 이웃집에 쳐들어가 삼색고양이 봤냐며 물으러 다녔고, 몇 집 가지도 않아 봤다는 이도 아닌 보살 피고 있는 이를 발견한 것이다. 아주머니는 고양이를 매우 좋아하는 사람이었는데 얼마 전 이사 온 탓에 그 고양이가 주인이 있다는 사실을 알지 못했다. 전날 오후에 웬 고양이가 마당에 들어와 있기에 나비야, 배고프지, 하고 참치 캔을 뜯어주었다 했다. 참치 캔 정도면 지나가던 길냥이도 집에 들일 정도인데 하물며 마당에 온 고양이라면 오죽했을까. 고양이가 좋으면 키우라 하시오, 라고 양평댁은 말했다지만 할머니는 굳이 금순을 데리고 와 양평댁에게 안겼다. 며칠 뒤 양평댁이 찾아와 반찬통을 내밀었다. 된장에 버무린 배추나물이었다. 곁에서 야옹 하는 소리가 다시 들리니 허전한 게 조금은 덜어진 것 같다며 고맙다고 했다. 탐정으로서 내가 받은 첫 수고비는 된장에 무친 배추나물이었다. 할머니는 득의양양했다. 우리 손녀가 고양이탐정이여, 앞으로는 돈 받아야 찾아줄랑게 그리 알아.

새끼들을 다 어떻게 하신대요, 금순 한 마리도 힘에 부치시잖아.

뭔 소리여, 갈 데가 벌써 다 정해져부렀는디.

엥? 진짜?

요안통에 쥐새끼들이 부적 늘었잖냐. 빈집들이 늘어나니께 쥐들이 활개친당게. 다들 한 마리씩 가져가 키운다고 난리여.

잘됐네. 그래도 중성화해야 된다고 할머니가 다시 말해요.

골든타임

쥐를 잡기 위해 고양이를 입양한다니, 아주 고전적인 생각을 하는 이가 여전히 많았다. 구도심에 속하는 우리 동네는 재개발이 예정되어 있었다. 아파트가 들어설 부지의 주민들이 집을 팔고 하나둘 떠났다. 사람은 떠나도 동물은 남았다. 함께 살던 동물을 오래된 장롱쯤으로 생각하는 사람이 많았다. 빈집이 허물어지고 쓰레기가 쌓이면서 쥐들도 늘어났다. 쥐들 덕분에 갓 태어난 새끼 고양이들의 거처가 생겼으니 다행한 일이라고 해야 하나.

애초 인간이 고양이라는 동물에 주목하게 된 건 사냥 솜씨 때문이다. 사냥하는 동물에게 필요한 힘과 유연함, 스피드를 고양이는 모두 갖추고 있다. 감각기관도 탁월해서 이 생물체의 가시거리는 280도나 되고, 크게 팽창할 수 있는 동공과 간상체 덕분에 어둠 속에서 움직이는 물체를 민감하게 알아차릴 수 있다. 청각은 또 어떤가. 고음역대의 초음파 소리를 들을 수 있는 귀는 고주파 소리를 내는 쥐를 감지하는데 탁월하다. 고양이의 수염에 이르러서는 감탄이 나온다. 수염은 고양이에게 가장 중요한 감각기관이라 할 수 있는데, 진동과 감촉을 통해 아주 미세한 공기

흐름의 변화까지 읽어낸다. 이처럼 고양이가 쥐를 잡는 데 최적화된 동물이라는 걸 깨달은 인간이 그 동물을 그냥 둘 리 없었다. 곡식 창고를 지키게 했고 곡물을 실어 나르는 배에 태워 기나긴 항해의 동반자로 삼았다. 고대 페니키아 상인들의 무역선에 승선한 고양이가 유럽 고양이의 조상이라 알려진 것도 그 때문이다. 인간에게 이로운 능력이 고양이의 운명을 바꾼 것이다. 그 운명을 고양이는 어떻게 생각할까. 고양이에게 강제로 뭔가를 시키는 건 불가능에 가깝기 때문에 인간 옆에 머물게 된 고양이의 운명은 그 생명체 스스로의 선택이라 생각할 수밖에 없다. 어쨌건 인간과 함께 산 지 1만 년이 흘렀지만 고양이의 사냥 솜씨는 여전하다. 그 덕에 금순의 새끼들이 길거리 묘생을 피하게 되었다.

애들 밥은 줬어?

암만. 공사장 뒤짝 삼거리, 공원 가는 길에 빈집 돌아 내려와서 달맞이네 텃밭 끄트머리랑 벗나무 뒤짝, 한옥 앞짝 해서 쭉 돌았구먼. 두 시간이나 걸렸자녀.

엥? 뭐 그렇게 오래 걸렸어?

텃밭 옆에 벗나무 있자녀, 그 아래 밥그릇이 없어

골든타임

졌당게. 보자기에서 그릇 꺼내 사료 담고 있는디, 아, 글씨, 미친 영감탱이가 시비를 걸자녀. 밥 줘싸니까 이것들이 도망도 안 가고 눌러앉아버린다고.

눌러살라고, 잘 살라고 밥 주는 거지. 길냥이들 뭐 먹고 살라고 그러는지. 쓰레기봉투 찢는 거보다 낫잖아.

내가 그리 말을 했지. 근디 욕을 하고 지랄을 하잔녀.

같이 욕했지? 할머니!

그 영감탱이가 먼저 욕을 하자녀.

할머니, 참아야지. 피해 보는 건 고양이들이잖아.

욕은 아녀. 한마디만 했구먼. 귓구녕이 막혔는가 주뎅이가 썩었는가.

그게 욕이지.

그게 왜 욕이여. 욕 아녀. 사실이 그러자녀. 다 살아 있는 것들이고 살아 있으믄 먹어야 사는 것은 당연지사고, 뭐냐, 우리가 공생공사 해야 하자녀. 그 말을 한 것이제.

공사는 아니고 공생. 함께 더불어 사는 것.

공생한게 공사도 하제. 같이 잘 살다가 같이 잘 죽자, 그거 아녀.

여튼 할머니, 뭐라 욕해도 친절하게 대답해야 돼.

괜히 성질 건드리면 냥이들에게 몹쓸 짓 하니깐. 그리고 주변 청소도 해야 되고요. 밥 주는 데가 너저분하면 길냥이들 탓이려니 해서 쫓아버리니까요.

내 알제. 캣맘이 몇 년인디. 고양이탐정 할미가 이 정도는 돼야 안 쓰겠냐.

사랑해, 이말숙 여사님.

나는 할머니를 껴안았다. 할머니가 내 엉덩이를 두드렸다. 할머니와 꼬동이 방으로 들어가자 나는 내 방으로 들어와 책장에서 위스키를 꺼내 한잔 따랐다. 몽몽이 침대로 뛰어올라 가운데에 자리를 잡았다. 냐옹, 하면서 어서 제 옆에 누우라 재촉했지만 나는 책상에 앉았다. 태블릿을 켜고 위스키를 마시면서 오늘 메모한 것들을 훑어보았다. 그날의 추적을 시간 순서대로 복기해보는 것, 탐정을 시작하면서 생긴 습관이다. 그렇게 하다 보면 내가 놓쳤던 것, 무심코 지나쳤던 공간, 언뜻 보았지만 넘겨버린 단서들이, 독주에 타들어가는 목구멍 속에서부터 번개처럼 떠오르기도 했다.

관찰과 분석, 거기에 한 스푼의 직관을 더하면 예상치 못한 곳에서 실마리가 풀리기도 한다. 직관은 갑자기 찾아오지 않는 법. 고민하고 몰입할 때 문득 나비처럼 날아드는 생각을 놓치지 않기 위해 나는 그림을 그리고 타임라인을 만들고 마인드맵을 작성하면서 사건을 정리한다. 써놓고 나니 매우 그럴싸하지만 실제로는 골치 아픈 작업이다. 탐정은 고양이를 찾아야 하는 사람인데 고양이가 나 잡아봐라, 하며 시시껄렁하게 다니지 않으니까. 나는 김말숙 씨 집을 방문했을 때부터 이수언 씨 집을 나오기까지의 행적을 되짚어보며 사건을 정리하기 시작했다.

드드가 연루된 건 확실해 보였다. 영심이 없어진 것을 확인할 때 김말숙 씨가 숲에서 본 건 드드였다. 그리고 서 작가의 딸은 영심과 함께 숲을 걸어가는 회색 고양이가 발을 절고 있었다고 했다. 내가 본 드드 모습과 일치했다. 두 고양이가 도로를 가로지르는 것을 본 시간은 새벽 3시경. 드드가 외출했다가 새벽 3시 조금 넘어 들어왔다는 이수언 씨 말에 비추어봤을 때 그 시간에 드드가 도로에 있었을 가능성을 배제할 수 없었다. 만약 두 고양이가 영심과 드드가 맞다면 그 시간에 녀석들은 무엇을 한 것일까. 왜 영심은 돌아오지 않고 드드만 왔는가. 그 실종이 영심의 몸을 감쌌다는 푸른빛과 무슨 관련이 있을까. 게다가 영심이 없어진 건 오후 5시경이었다. 그렇다면 5시부터 다음 날 새벽까지의 시간도 공백인 셈이다.

나는 목격자의 말을 얼마나 신뢰할 수 있는지 고민해야 했다. 목격자의 진술은 중요한 단서이지만 그것만 믿었다가 큰 낭패를 볼 수 있다. 김말숙 씨는 드드를 보았고 영심은 보지 못했다. 그 언저리에 사는 길고양이를 드드라 착각할 수도 있는 것이다. 서 작가의 딸이 본 다리를 저는 고양이는 장애물 많은 숲을 거닐다가 잠시 삐끗해서 다리를 절고 있는 것처럼 보이는 다른 고양이일 수도 있다. 만에 하나 두 고양이가 영심과 드드가 맞다면? 그 푸른빛은? 그 빛을 보고 마음이 아팠다는 말은?

역시 숲은 난해하다. 영심을 찾든 그러지 못하든 이 사건은 '레전드'가 될 것임을 나는 직감했다. 물론 영심이 귀가하는 해피엔딩의 레전드가 되기 위해 나는 최선을 다할 것이다. 몽몽이 태블릿 앞으로 얼굴을 쑤욱 내밀었다. 많이 참았다는 뜻이다. 풍부한 감정을 담은 몽몽의 코랄블루 눈동자를 보고 나는 태블릿 전원을 끄지 않을 수 없었다. 빛에 따라 변하는 몽

골든타임

몽의 눈동자는 신비롭다. 낮에 햇빛이 쏟아질 때면 몽몽의 눈에는 셀 수 없이 많은 사파이어 빛깔의 방울들이 가득 찬 연못이 드러나고 그 속에서 초승달이 떠오른다. 그러다 지금처럼 어둠이 내려앉으면, 가득 차 있으면서도 비어 있는 허공을 닮은 동그란 검은 우물이 나타난다. 미간에서 코 전체에 먹물을 부어놓은 것 같은 거꾸로 된 하트 모양의 검은 점은 몽몽의 얼굴을 약간 심술궂으면서도 장난기 가득하게 만든다. 연분홍빛 발바닥은 또 얼마나 예쁜지. 앙증맞고 귀여운 발가락은 발톱을 얌전히 덮고 있다. 사람들에게 귀여워 보이도록 개량된 덕분에 먼치킨 고양이는 정말이지 귀여우려고 태어난 생명체처럼 보였다. 나는 몽몽의 코에 뽀뽀를 했다. 몽몽이 골골송을 불렀다. 내 새끼, 소리가 절로 났다. 몽몽이 짧은 앞다리로 내 얼굴을 툭툭 쳤다. 나는 몽몽의 다리를 잡아 다시 뽀뽀를 했다. 냐앙, 몽몽이 화를 냈다. 자야 할 시간에 엉뚱한 짓을 하는 집사를 더는 참아줄 수 없다는 뜻이다. 나는 몽몽을 안고 침대에 누웠다. 몽몽은 내 팔에 안겨 골골골 소리를 냈다. 이수언 씨의 말이 떠올랐다. 마치 나를 계속 주시하고 있었던 듯 적당한 곳, 적당한 때에 드드는 어김없이 나타났어요. 나는 몽몽의 눈동자를 들여다보았다. 그거였어, 그랬던 거였어. 나는 이미 그걸 알고 있었던 거야, 몽몽아. 네가 내게 올 때 그랬잖아.

몽몽은 우리 동네에서 혼자 사는 노인의 고양이였다. 원래 이름이 '괭이'였다고 하는데 그건 이름을 지어주지 않았던 거나 마찬가지여서 나는 몽몽이라는 이름을 지어 불렀다. 몽몽은 꿈같은 비주얼이었다. 노견 꼬동과 동네를 설렁설렁 산책하다 발견한 녀석인데, 오래된 한옥 대문 위에 고추나무와 토마토, 가지가 심긴 화분들 사이로 얼굴을 빼꼼 내밀고 있는 걸 몇 번 봤다. 다리가 어찌나 짧은지 배가 거의 땅에 닿을 정도였고 몸통은 흰색 털이 뒤덮였는데 얼굴과 꼬리에만 갈색 털이 나 있었다. 코에는 하트를 거꾸로 놓은 것 같은 크고 검은 반점이 있었다. 다리 짧은 거꾸로-하트 고양이. 녀석이 얼마나 귀여웠던지 나는 볼 때마다 손을 흔들고 아는 체를 했다. 결정적으로 몽몽은 코랄블루의 눈동자를 갖고 있었다. 낡은 한옥과는 뭔가 어울리지 않는다고 생각했는데 뭐, 편견일 수도 있다. 한옥에 코리안쇼트헤어만 살라는 법은 없으니까. 저렇게 다리 짧은 종은 뭘까, 고양이 백과사전을 찾아보았다. 짧은 다리는 사람들에게 귀여워 보이도록 개량된 것이며 그 때문에 생존율이 떨어져 야생에서는 거의 찾아볼 수 없는 먼치킨이라고 하는 품종인 것을 알게 되었다.

어느 날 퇴근길에 노인의 집에 119 응급차가 서 있는 것을 보았다. 이말숙 여사도 와 있었다. 노인네가 쓰러졌어, 숨을 안 쉬어서 한참 동안 그 뭐냐, 인공호흡을 했디야, 고양이 아니면 그대로 돌아가실 뻔했자녀, 고양이가 하도 소리를 질러서 이웃이 와봤다는 거 아녀. 몽몽은 사람들이 떼로 몰려 있어서인지 어디론가 숨어서 보이지 않았다. 노인은 병원으로 옮겨졌다. 사흘 동안 혼수 상태였다가 숨을 거두었다고 할머니가 전해주었다. 그럼 고양이는? 응? 글쎄다. 원래 그 노인 아들이 키우던 놈이었다제. 엄청 비싸게 주고 샀다는디 아들이 집에 두고 가버려서 할 수 없이 노인이 키운다는 말을 들은 것 같어. 그 후로 얼마 동안 나는 몽몽을 볼 수 없었다.

한 달 정도 지난 후였을까, 몽몽이 나타났다. 동네 나지막한 언덕에 들어선 체육공원에서 꼬동의 속도에 맞춰 설렁거리며 걷고 있을 때였다. 나를 주시하는 시선이 느껴졌고 고개를 돌렸을 때 몽몽과 눈이 마주쳤다. 몽몽은 운동기구 뒤편 바위틈에 몸을 숨기고 있었는데 어떻게 단번에 내가 몽몽을 찾아냈는지 지금도 의아하다. 거꾸로-하트가 새겨진 다리 짧은 고양이를 다시 보자 나는 반가워서 소리를 지를 뻔했다. 몽몽은 내게서 눈을 떼지 않았다. 나는 조심스럽게 몽몽에게 다가갔다. 몽몽은 그사이 조금 마른 것 같았지만 반짝이는 코랄블루 눈동자는 그대로였다. 꼬동이 다가가자 몽몽이 하악질을 했다. 아주 공격적인 하악질은 아니었지만 쫄보 꼬동이 겁을 먹고 짖기 시작했다. 몽몽이 튀어나갈 자세를 취했다. 나는 꼬동을 끌고 서둘러 그곳에서 멀어졌다.

그 후 이삼일 간격으로 나는 몽몽과 만났다. 마치 나를 계속 주시하고 있었던 듯 몽몽은 적당한 시간과 장소에 어김없이 나타났다. 꼬동도 곧 몽몽에게 적응했는지 짖지 않고 바라보기만 했다. 나는 몽몽에게 너무 가까이 가지 않으려 노력했고 몽몽도 그랬다. 우리는 열 걸음 정도 간격을 두고 함께 걷고 쉬었다. 내가 바위 위에 앉아 쉴 때면 몽몽은 조금 더 가까이

다가와 앉았다. 나는 몽몽에게 많은 이야기를 했다. 몽몽이 곁에 있으면 이상하게 수다스러워졌다. 어쩔 때는 엄마가 그리워 함께 놀이공원 갔을 때의 이야기를 몽몽에게 해주었고, 어느 날은 나를 거둬준 할머니가 문득 고마워 눈물을 찔끔 흘렸다. 단기계약직으로 일했던 회사의 사이코패스 상사에게 꼭 너 같은 놈 만나라며 쌍욕을 해준 이야기, 편의점에서 알바할 때 잔돈 곱게 안 준다며 370원을 바닥에 패대기 친 진상 손님에게 개똥이나 먹으라 소리를 꽥 지른 이야기도 해주었다. 몽몽은 내 원맨쇼를 지켜봐주었다. 산호초가 자라는 바다 같은 눈동자를 보며 내 마음이 조금씩 편안해졌다. 그렇게 몽몽과 열 걸음의 간격으로 만난 지 두어 달째, 몽몽이 내게 왔다.

몽몽아, 나를 좀 도와줘야겠어.

내 겨드랑이에 파묻혀 있던 몽몽이 얼굴을 들어 나를 빤히 바라보았다. 이토록 아름다운 생명체라니. 나는 몽몽의 머리털을 쓰다듬으며 말했다.

언니 좀 도와줘. 이번 일이 꽤 이상하거든. 너의 육감이 필요해.

나아아앙.

잠에 취한 몽몽이 들릴 듯 말 듯한 목소리로 응답
했다. 승낙해줄 줄 알았어. 우린 언제나 잘해냈으니
까 이번에도 그럴 거야. 그렇지, 몽몽? 냐아아앙, 소
리를 들으며 나는 잠으로 빠져들었다.

간택

다음 날 아침 일어나자마자 김말숙 씨에게 전화를 걸었다. 김말숙 씨는 인터넷으로 CCTV 열람 신청을 했다고 전해주었다. 본인이나 가족 등 직접적인 관계 자만 가능하니 의뢰인이 직접 수고를 해줘야 하는 부분이었다. 나는 어제 조사했던 내용을 간략하게 설명하고 오늘 할 일도 말해주었다. 목격자가 적고 단서가 많지 않아 오전에 전문가를 만나 자문을 구할 것이며, 오후에는 반경을 넓혀 다시 주변을 추적할 계획이라고 설명했다. 필요하면 영심이 나타날지도 모를 곳에서 잠복수사를 할 예정이라고도 했다. 김말숙 씨는 메마른 목소리로 말했다. 탐정님만 믿어요. 우리 영심이 꼭 찾아주세요. 가슴에 뚫린 커다란 구멍을 어쩌지 못하고 있는 반려인에게 말했다. 최선을 다하고 있습니다. 영심을 찾기 위해 뭐든 할 겁니다.

자문을 구할 전문가라면 물론 선배 김완백 씨를 가리킨다. 나는 몽몽을 케이지에 담아 차에 싣고 선배에게 전화를 걸었다. 받지 않았다. 급했으므로 메시지를 남겼다. **한 시간 후에 집으로 찾아뵐게요. 도움이 필요합니다.** 답은 선배의 집으로 이동하는 중에 왔다. **잠복수사 중. ○○동 14번지 오르막길 앞 미니 슈퍼에 정차 중.** 다행히 가려던 곳과 같은 방향이라 차를 돌릴 필요는 없었다. 내비게이션을 찍고 달렸다. 적당한 곳에 주차한 뒤 뒷자리의 몽몽에게 말했다. 언니 잠깐 갔다 올게, 혼자 있을 수 있지? 몽몽이 졸린 눈으로 냐앙, 하고 답을 했다. 나는 선배의 차로 가 조수석 문을 열고 앉았다.

커피라도 사와야 하는 거 아냐?

커피 끊었잖아요. 혈압 높다고.

한 잔은 괜찮대.

선배는 생수병을 들이켰다. 기어 레버 앞에 테이크

아웃 컵이 놓여 있었다.

이미 마신 것 같은데요.

그랬나? 잠을 못 자면 화가 나는 게 정상이지?

화는 늘 나 있지 않나?

화는 늘 나는 게 정상이지?

여기서 말해요? 이야기가 좀 길어요.

짧게 말해. 철저한 조사를 바탕으로 팩트만 요약해봐.

그놈의 조사, 팩트.

탐정의 본분을 비하하는 발언은 용서하지 않겠다.

육감이라는 것도 있죠.

그건 고양이한테나 있지, 인간은 아냐. 탐정은 육감에 의존해서는 안 돼. 내가 그렇게 강조했는데 아직도 육감 타령이라니, 그런데도 승률 90퍼센트라니, 너 혹시 AI를 쓰는 거냐. 가만, 고양이탐정 인공지능이라, 나 지금 신박한 아이디어를 함부로 발설한 거 맞지?

뭐라는 건지.

나는 영심의 실종 사건을 되도록 짧게, 핵심만 간단히 들려주었다. 선배가 말했다.

그러니까 집과 숲에서는 아무것도 못 찾았고

CCTV는 까봐야 알고 목격자는 영화 〈아바타〉에나 나올 법한 이야기만 했네?

요약 실력은 최곱니다.

요약만 최고다 이거지? 나 요즘 승률 낮다고 멕이는 거냐?

화났죠?

체력이 딸려서 그래. 아, 졸려서 뒈져버리겠다.

제 생각에 숲 아래로 갔다는 건 맞는 것 같아요.

같아요, 가 뭐야?

일단은 추측이니까요. CCTV는 일주일 걸리고요.

재촉해. 급한 일이라고 사정해야지. 일주일 걸린다고 손 놓고 기다리기만 할 거야? 다리 전다는 고양이 집도 더 뒤져봐. 거기 다녀갔을 확률이 높잖아. 혹시 주변에 다른 고양이들도 살펴봤어? 동네 고양이들이 영역 싸움을 벌였을 수도 있고 그 녀석이 싸움에 휘말려서 몇 군데 얻어터지고 어딘가 숨어 있을지도 모르니까. 건물 틈이나 구조물, 은폐된 공간, 다 세세하게 뒤진 거지? 등잔 밑이 어둡다는 건 만고의 진리야.

숲이라니까요.

허허. 숲에도 동물들이 숨을 만한 곳은 있기 마련

이지. 그 지역 등반전문가나 숲해설사 뭐 이런 사람 찾아봐. 혹시 숲에 동물들이 자주 드나드는 곳이 있나 물어보고.

흠, 그걸 놓쳤군요.

하나는 건졌지?

그건 어떻게 생각하세요?

뭐?

파란빛이요.

허엄.

액체 덩어리처럼 투명하게 흐물거리면서 고양이를 감싸고 있었다고 해요.

그러니까 〈아바타〉지.

선배!

내 취향 아냐.

지금 취향 따질 일이 아니잖아요. 위태로운 고양이와 그를 애타게 기다리는 집사를 생각해보세요.

그래, 우리의 목표는 그거지. 반려묘와 반려인의 상봉.

제 말이요.

골치 아픈 게 내 취향은 아니지만, 허엄.

뭐라도 좋으니 실마리가 될 수 있는 걸 좀 줘봐요.

실마리 하니까 탐정답잖아. 그런 업계 용어를 쓰란 말이야. 실마리, 단서, 추론, 확률, 이런 단어를 애용하세요, 제발. 그래야 머리가 분석적이고 논리적으로 회전하지. 생각은 언어를 따라가잖아. 그걸 누가 증명해냈더라.

안 바빠요?

지금 열라 일하는 거 안 보여?

본론이란 걸 말하자구요, 본론.

아마 기억날 거야. 너 독립하기 바로 직전 전쟁이 일어났잖아. 온라인 탐정 카페에서 말야. 식빵대전이라고. 기억나? 나 정말 열렬히 싸웠다.

레전드였죠.

내가 쫌 그렇지?

선배 말고 식빵대전이요.

가, 가버려. 나 레전드인 거 너만 몰라. 제자라는 녀석만 몰라.

그래서요?

내가 싸우다가 장렬히 산화해서 전쟁을 승리로 이끌었지.

무승부였는데요.

그게 무슨 무승부야, 명백하게 내가 이긴 거지. 생각해봐라. 지금이 어느 세상인데 육감이니 직감이니 하는 말들을 늘어놔?

본론이요.

응. 그때 나랑 붙은 이가 버럭마고잖아.

아.

감이 와?

감 싫어하잖아요.

단감은 좋아해.

노잼.

'버럭마고'라는 이름을 듣자마자 나는 정말 감이 왔다. 왜 그 생각을 못했을까. 식빵대전의 레전드는 따로 있었다. 버럭마고. 고양이탐정으로 일하는 사람 중 식빵대전을 모르는 이는 없었다. 선배와 버럭마고 두 사람만 싸운 게 아니라 고양이탐정계 전체가 두 그룹으로 나뉘어 격렬한 전투를 치렀던 것이다. 식빵대전이라는 이름은 딱히 누가 지은 게 아니다. 그저 '고양이 식빵 굽는소리 하고 있네'고양이가 자주 하는 자세 중 식빵 굽기가 있다. 몸 안쪽으로 발바닥을 완전히 숨긴 채 엎드려 있는 자세를 말하는데, 몸뚱이가 마치 자르기 전의 식빵 덩어리처럼 보여 그렇게 부른다. 지금 고양이가 매우 편안한 상태라는 것을 보여주며 체온 유지의 기능도 있다라는 누군가의 댓글이 열렬한 호응을 얻어 그런 이름이 붙은 것이다. 그때 쟁점은 고양이탐정이 갖추어야 할 핵심 능력에 대한 것이었다. 버럭마고는 직감이라 했고 선배는 관찰과 분석을 내세웠다. 버럭마고는 이 세상 어느 동물보다 육감이 발달한 존재가 고양이이며 고양이를 찾는 사람 또한 그러한 능력을 갖추고 개발하기 위해 노력해야 한다고 주장했다. 그러나 김완백 씨, 나의 선배는 고양이의 동물적 육감은 분석의 대상일 뿐 추적의 과정은 관찰과 조사를 토대로 냉철한 분석에 따라야 한다고 주장했다. 선배는 정말 그랬다. 모든 게 초보였던 조수 시절, 나는 선배의 관찰과 추론 능력에 감탄한 적이 한두 번이 아니었다. 의뢰인의 말 한마디, 고양이의 털 하나, 방향을 지시하는 목격자의 손짓 하나에 입각하여 선배는 고양이의 동선을 확률적으로 계산해냈고 결국 녀석을 찾아냈다. 자신의 추론이 맞아떨어질 때의 선배는, 그렇지 않을 리 없다는 확신에 찬 표정을 지어 보였는데

간택

그건 승리자만이 지을 수 있는 것이었다. 그런데 실종된 고양이를 찾아 무사히 귀가시키는 결과가 쌓일수록, 말하자면 탐정의 승리가 거듭될수록 나는 이상한 갈증을 느끼곤 했는데 그게 무엇인지 알 수 없어 더 답답해졌다. 어느 날 집사의 품으로 돌아간 고양이의 머리를 쓰다듬으면서 나는 이런 생각을 했다. 승리자의 마음이 아니라 반려인의 마음이어야 한다. 아니, 반려묘의 마음에까지 가닿을 수 있어야 한다, 고양이탐정은. 그리고 선배를 떠났다. 하산할 때가 되었다고 나는 생각했다.

어쨌건 버럭마고와 선배의 싸움은 이를테면 낭만주의 대 합리주의의 대결이라 할 수 있었다. 처음에는 재미로 시작한 논쟁이었지만 관중이 늘고 편이 갈라지자 목숨 건 싸움이 돼버렸다. 직관파와 분석파의 승률이 비교되었고, 똑같은 상황에서 다른 방식으로 고양이를 찾는 모의실험이 진행되었으며, 탐정들의 경험담이 수십 개씩 쏟아졌다. 과열된 모든 것이 그렇듯 종반전으로 갈수록 공격과 음모, 음해가 판을 치기 시작했다. 분석파들은 버럭마고를 겨냥해 '탐정이 아니라 타로로 점을 치는 무당일 뿐이다', '자신을 고양이에 빙의하는 불쌍한 노처녀다'라고 공격했다. 직관파들은 김완백 선배를 향해 '고양이를 상품으로 여기는 악덕 자영업자이다', '승률만 높이려는 전쟁 마초다'라고 비난했다. 두 파 간의 건널 수 없는 협곡이 깊어질 즈음 구원자가 등장했다. 눈치챘겠지만 직관과 분석 둘 다 필요하다는 절충파였다. 절충파들은 직관파와 분석파 양쪽의 장점을 흡수한 논리를 전개하며 손쉽게 승리를 거머쥐었다.

식빵대전은 활활 타오른 만큼 큰 상처를 남겼다. 버럭마고는 자신을 향한 공격에 버럭같이 화를 냈고 벼락을 내치면서 은퇴를 선언했다. 선배는 카페를 탈퇴했다. 광풍이 잦아들고 나서 절충파 회원들을 중심으로 두 사람의 복권운동이 전개되었고 고양이탐정 명예의 전당에 그들의 이름을 올리며 헌사를 했다. 그러나 지나간 일은 돌이킬 수 없었다. 그 후 버럭마고의 행방을 알 수 없었으니까. 그렇다고 식빵대전이 상처만 남긴 건 아니었다고 나는 생각한다. 두 사람이 일으킨 논쟁과 꼬리에 꼬리를 문 댓글들을 보며 나 같은 초보 탐정들은 아주 풍부한 공부거리를 발견했고 경험담을 통해 실전 감각도 익힐 수 있었다. 어쨌든 그 식빵대전의 또 다른 주인공인 버럭마고의 이름을 오늘 여기에서 듣게 될 줄이야. 다름 아닌 버럭마고를 피 철철 흐르게 한 김완백 선배의 입을 통해.

알겠어요, 뭘 해야 할지.

이야기는 시작도 안 했는데?

감 잡았다고요.

그럼 다행이고. 마지막으로 이 말은 해야겠어. 그동안 기회가 없어서 못 했거든. 사실 나…….

하지 마욧!

뭐?

고백하면 다신 안 봐욧.

미친. 약 먹었냐? 잠을 못 잔 거야?

사실 나, 이런 말 뒤에 나오는 게 그렇잖아요.

코홀리개한테 뭔 고백을 해. 코나 닦아, 임마.

훌쩍.

나 사실, 버럭마고 존경한다. 진정으로 존경해. 흠모한다고 해야 할까.

나는 깜짝 놀랐다. 내 마음을 들켜버린 것 같기도 했다. 버럭마고를 흠모하는 건 나였으니까. 선배에게 비밀이었지만 나는 버럭마고의 팬이었다. 선배와 버럭마고가 격렬히 전투를 벌일 때, 나는 마음속으로 버럭마고를 응원했다. 그렇다고 선배의 경험과 노하우를 아무것도 아닌 것으로 생각했다는 뜻은 아니다. 나는 선배로부터 고양이탐정에 대한 많은 것을 배웠고 지금도 그건 무척 고맙게 생각한다. 그러나 정작 고양이에 대해서는 버럭마고에게 배운 게 많다는 것 또한 인정할 수밖에 없다. 웹사이트나 백과사전에 나오지 않는 뭐랄까, 비밀스러운 이야기랄까, 뭐 그런 것 말이다. 게다가 고양이를 바라보는 버럭마고의 관점은, 내가 생각은 하고 있었지만 언어로 표현하지 못했던 바로 그것이었다. 고양이에 대한 사랑, 사람과 동물의 공존을 꿈꾸는 자연인의 태도는 그 누구보다 진실했다. 내가 보기에 버럭마고는 인간의 교만과 아집에 대해서는 가차 없이 비판하면서도 동물과의 교감과 공생에 대해서는 한없이 따뜻하고 서정적일 수 있는 보기 드문 사람이었다. 버럭마고의 말들은 때로는 번개처럼 내리찍으며 가식과 위선을 벗겨냈고 때로는 처마에 내리는 빗소리처럼 사람의 마음에 스며들었다. 나는 버럭마고의 글을 읽으며 새로운 행성으로 들어선 것 같았다. 고양이행성, 고양이들의 영혼이 머무르는 별. 이 정도면 그래, 흠모. 이것은 흠모가 맞을 것이다. 나는 피 튀기는 식빵대전의 결정적인 국면마다 익명으로 댓글을 달면서 버럭마고를 지지했고 장문의 응원 메시지를 보내기도 했다. 그런데 선배도 그렇단 말인가.

선배가 말했다.

그분은 탐정 아닌 탐정이자 진정한 레전드야. 우리 고양이탐정의 선조라 할 수 있어. 그러니 어떻게 흠모하지 않을 수 있겠어. 새로운 세계를 개척한 선구자잖아. 그것만으로도 버럭마고는 영원히 기억되어야 마땅해.

근데 왜 그렇게 공격했어요?

공격이라니. 건강한 토론을 한 거지.

그 후로 버럭마고가 자취를 감췄잖아요.

나 때문이 아냐.

그럼요?

그럴 만한 사정이 있어.

친해요?

아니.

연락처는 문자메시지로 주세요.

가려고?

바빠요. 벌써 사흘째거든요.

나도 바빠.

이번 고양이 의뢰 받은 지 얼마나 됐어요?

일주일.

감 떨어진 거 맞네요.

썩 꺼져.

고마워요, 선배.

나는 차에서 내렸다. 커피를 사러 갈까 하다 선배의 건강을 생각해 그만두었다.

김말숙 씨의 집에 서 작가가 와 있었다. 김말숙 씨가 거의 먹질 못해 전복죽을 끓여왔다고 했다. 나는 숲과 드드의 집을 한 번 더 수색할 예정이라고 말했다. 김말숙 씨는 CCTV 영상자료 열람 신청이 접수되었고 빠르면 사흘 안에 자료를 보내줄 거라는 말을 전했다.

관제센터에 직접 전화했어요. 반려동물 생명이 걸린

일이니 최대한 빨리 조처를 취해달라고 부탁했지요.

집사의 마음은 그랬다. 나는 서 작가에게 물었다.

혹시 동네에 등산 좋아하는 분 있나요? 뒤편 숲에 대해 잘 알고 있는 분이면 좋겠어요.

서 작가는 잠시 생각하더니 아, 있어요, 라고 말했다.

김 선생이라고, 산 약초에 빠져 있는 분이에요. 교직에서 은퇴한 뒤 대한민국 산이란 산은 온통 휘젓고 다니지요. 우리 딸 천식이 낫질 않아서 고생하고 있을 때 머위 차를 주시더라고요. 전 머위를 된장에 무쳐 먹을 줄만 알았지 잎을 말려 차로 쓰는 줄 몰랐지요. 효과가 꽤 있더라고요? 이 동네 사람치고 그분이 채취한 산 약초 덕 안 본 사람이 별로 없을 겁니다. 동네 뒷산은 거의 매일 오르내리니까 잘 알 거예요. 전화해줘요? 지금 집에 계시려나 모르겠네.

내가 대답하기도 전에 서 작가는 전화를 걸어 나를 바꿔주었다. 다행히 김 선생은 집에 있었다. 나는 사정을 말하고 혹 오늘 함께 숲에 가줄 수 있겠냐고 물었다. 김 선생은 흔쾌히 수락했고 30분 후 삼거리에서 만나기로 했다. 김말숙 씨는 자신도 가겠다고 했지만 나는 말렸다. 대신 집 안팎을 다시 세세하게 살펴달라고 했다. 서 작가가 말했다.

영심이 찾을 수 있는 거죠? 우리 딸이 전화해서는 이래요. 자기가 본 모습이 영심의 마지막 모습이 아니길 바란다고요.

김말숙 씨가 울음을 터뜨렸다. 나는 서 작가를 향해 고개를 저었다. 에구, 괜한 말을 했네, 라며 서 작가는 김말숙 씨의 어깨를 다독인 뒤 자리를 떴다. 내가 말했다.

최선을 다하고 있습니다.

골든타임이 있다고 하셨잖아요. 벌써 사흘째예요.

물론 그렇지요. 빠르면 빠를수록 좋은 건 맞지만 그건 가능성을 말하는 것이고요. 열흘 뒤에, 한 달 넘어서도 찾은 사례가 많아요.

정말 그랬다. 오래 집을 떠나 있다 홀연히 귀가하는 고양이들도 많다. 내가 의뢰 받은 사건 중 최장 기간을 기록한 건 153일 만에 집에 돌아온 고양이였다. 소나기처럼 갑자기 떠났다가 구름처럼 소리 없이 돌아왔다. 수색을 시작한 지 일주일째, 아파트 단지와 근처 공원을 이 잡듯 뒤지고 나서 나는 수색을 중단하겠다고 의뢰인에게 말했다. 나와 함께 수색했던 의뢰인도 고개를 끄덕였다. 다른 곳에서 다른 삶을 살고 있겠다는 생각이 든 것이다. 그러던 어느 날, 어디선가 야옹야옹, 하는 소리가 들렸다. 의뢰인은 설마, 하면서도 소리가 나는 아파트 현관문을 열었다. 의뢰인의 고양이가 서 있었다. 기쁨의 탄성과 눈물을 쏟아내는 의뢰인을 아랑곳하지 않고 고양이는 걸어들어와 숨숨집에 들어가더니 꼼짝 않고 잠을 잤다고 했다. 정말이지 아무 일도 없었다는 듯 먹고 자고 화장실에 가는 녀석을 보고 의뢰인은 울다 웃다 했다. 고양이는 그럴 수 있는 것이다.

나는 김말숙 씨에게 물었다.

혹시 영심이 사라지기 전 뭔가 평소와 다른 게 있었나요?

김말숙 씨가 나를 바라보았다.

글쎄요. 특별한 건 없었어요. 근데 뭔가.

김말숙 씨의 눈동자가 잠시 흔들리는 것처럼 느껴졌다.

기력이 좀 없었어요. 밥을 남겼거든요. 그래서 츄르고양이들이 가장 좋아하는 액상 간식으로 튜브 형태로 만들어져 짜 먹이도록 되어 있다. 일본의 반려동물 식품 제조업

체에서 개발한 간식 이름인데 보통명사처럼 쓰이게 되었다를 주었는데 그 좋아하던 걸 입에 대지 않더라고요.

츄르도 안 먹었다고요?

김말숙 씨가 고개를 끄덕였다.

어디 아픈 건가 싶어 지켜봐도 크게 이상한 건 없었어요.

나는 알겠다고 말했다. 혹 더 생각나는 게 있으면 연락 달라는 말을 남기고 집을 나섰다. 차로 걸어가 몽몽을 꺼냈다. 몽몽은 초소형 위치추적기를 목걸이처럼 두르고 있었지만 불편한 기색 없이 익숙하게 나를 따라왔다. 나는 가끔 이렇게 몽몽을 데리고 추적에 나서기도 한다. 사람 몸이 들어갈 수 없는 좁은 공간을 뒤져야 할 때, 혹은 지금처럼 수색해야 할 영역이 너무 넓어 고양이의 관점에서 동선을 짜야 할 때, 단서가 명확하지 않아 뭔가 영감이 필요할 때 그렇다. 말하자면 프로파일러나 고양이 수사관쯤 될 텐데, 몽몽이 세계 최초가 맞을 것이다. 마약 탐지견처럼 훈련받은 건 아니지만 몽몽은 고양이만의 방식으로 결정적인 영감을 준다. 개라는 동물도 마약 탐지견이나 구조견으로 활동하는데 고양이라고 못 할 거

간택

있나 싶은 생각이 별안간 든 것은, 1년 전 폐공장의 천장을 쳐다볼 때였다. 실종된 고양이가 천장에 있는 것은 분명했고 그곳을 뒤져야 하는데 내가 들어갈 수는 없고 무선카메라도 한계가 있어 말 통하는 고양이가 있으면 참 좋겠다는 생각을 하던 참이었다. 처음에는 몽몽이 달아나버릴 수도 있어 긴 목줄과 카메라를 채워 현장에 투입했다. 몽몽은 먼지 가득한 좁은 천장을 돌아다닌 끝에 구석에서 몸을 웅크리고 있는 고양이를 찾아냈다. 몽몽을 천장에서 철수시킨 뒤 그곳으로 통하는 입구를 뜰채로 막았다. 긴 막대기로 천장을 치면서 고양이를 몰아 뜰채로 잡았다. 친구 연우가 조수가 되어 나를 도왔고 몽몽은 탐지묘 역할을 탁월하게 해냈다. 다리 짧은 먼치킨 고양이는 먼지와 거미줄을 잔뜩 얼굴에 묻힌 채 의기양양하게 나를 바라보았다. 나는 그런 몽몽이 사랑스러워 죽을 지경이었다. 세계 최고의 고양이탐정이 여기 있었네, 몽몽이 멋져, 하며 머리를 쓰다듬었다. 몽몽의 꼿꼿한 꼬리가 하늘을 찌를 듯했고 우냥거리는 소리가 세상 의젓했다.

삼거리에서 김 선생이라는 사람과 인사를 주고받

왔다. 마른 체격의 여성이었는데 자세가 바르고 발걸음이 가벼운 것이 건강한 기운이 넘치는 사람이었다. 나는 하얀 이층집을 중심으로 나선형을 그리며 반경 200미터를 수색할 계획이라고 말해주었다. 김 선생은 등산복과 등산화를 갖추고 배낭까지 짊어지고 있었다. 교사로 일하며 소화불량과 과민성대장증후군, 두통에 시달렸었는데 산 약초를 알게 되고 그 덕을 보면서 본격적으로 산을 타기 시작했다고 말했다. 몽몽을 소개하자 김 선생은 웃었다. 몽몽을 지긋이 바라보며 '산책을 하는 고양이군요'라고 말했고 나는 '수사를 하는 고양이입니다'라고 대답했다.

우리는 하얀 집에서 시작했다. 집 주변을 다시 둘러보았다. 몽몽은 나를 따라오다가 흥미로운 게 있으면 냄새를 맡거나 발로 건드리거나 하면서 나름의 수색 활동을 했다. 그렇게 나무와 바위틈, 낙엽더미, 계곡을 뒤져나갔다. 김 선생은 산 약초에만 밝은 것이 아니어서 나무에 찍힌 발톱 자국이나 낙엽 위의 털뭉치, 콩알만 한 배설물을 발견하고서 노루나 고라니, 너구리 따위의 동물 이름을 말했다. 그럴 때마다 몽몽은 아주 진지한 얼굴로 그것들의 냄새를 맡았다.

간택

어제 첫 수색을 시작하면서 백구들을 만났던 바위에 이르렀다. 개들은 보이지 않았지만 어디선가 우리 일행을 지켜보고 있는 시선을 느낄 수 있었다. 나는 바위 위로 올라가 나무 밑동이 움푹 파인 곳으로 갔다. 배낭에서 사료를 두 봉지 꺼내 쏟아부었다. 김 선생은 그런 나를 말없이 지켜보았다.

나선형으로 오르고 있어 그나마 경사가 완만했지만 역시 산길을 오르는 건 힘든 일이었다. 두 시간째 수색을 하다 보니 조금 쉬어야 할 것 같았다. 짧은 다리로 걷고 있는 몽몽을 보니 안쓰러운 마음이 들었다. 몽몽이 잠시 쉴 수 있도록 배낭에 넣어 맸다. 김 선생은 조금 더 가면 전망 좋고 너른 바위가 있어 쉬기에 적당하다고 말했다. 그의 말처럼 계곡과 도심을 동시에 내려다볼 수 있는 곳에 서너 명이 누워도 거뜬할 평평바위가 있었다. 서너 발자국 더 가면 깎아지른 절벽이었다. 우리는 생각보다 높은 곳까지 올라와 있었던 것이다. 나는 배낭에서 물과 그릇을 꺼내 몽몽이 물을 마실 수 있도록 해주었다. 몽몽은 할짝할짝 물을 마셨다. 츄르까지 먹고 나서 몽몽은 바위에 앉아 눈을 감고 쉬었다. 나는 준비해 간 바나나를 김 선생에게 건넸고 김 선생은 김밥 몇 개를 주었다. 일 마무리되면 수고비를 드리겠다고 말했다. 김 선생이 대답했다.

그런 걸 받자고 하는 일은 아니에요.

시간 내서 도와주시는데 드리고 싶습니다.

제가 좋아하는 산에 오르고 또 이렇게 새로운 일을 경험하는 걸로 충분해요. 고양이탐정님도 만나고 수사하는 고양이도 만나고, 이런 경험을 누가 하겠어요?

그렇게 말씀해주시니 감사합니다.

우리 집에도 고양이가 있었지요. 하얗고 북실북실한 털을 가진 녀석이었어요.

샴이었나요?

그런 건 잘 몰라요. 고양이인데 하는 짓을 보면 강아지 같았어요. 가족들한테 앵기고 떼쓰고 잠도 같이 자고요. 우리 아이 껌딱지였죠.

'개냥이'애교가 많은 고양이를 말하는데, 일반적인 고양이의 성격과 달리 개처럼 사람을 잘 따르고 스킨십도 좋아한다라고 하죠.

그런가요? 아이 어렸을 때 우리 집에 왔어요. 동생처럼 돌보고 함께 놀고. 그 녀석이 눈을 감았을 때 얼마나 서럽게 울던지, 그걸 지켜보는 게 힘들었죠. 아이는 여전히 크는 중인데 녀석은 어느새 노화가 시작되더라고요. 큰 병 없이 잘 살다 갔는데도 빈자리가 컸어요. 이제 다시 반려동물을 들이기가 겁나요.

동물의 시간은 인간보다 훨씬 빨리 흐르니까요. 우리는 그걸 잊곤 하죠.

그래요. 내 곁에 있으니 오랫동안 그럴 거라고만 생각하죠. 우리보다 훨씬 빨리 늙고 빨리 세상을 마감한다는 걸 잊어버려요. 가고 나서야 알게 되죠. 그 짧은 시간에 사랑을 다 주고 가려 했나 보다, 라고요. 그걸 생각하면 아직도 마음이 애잔해요.

몽몽을 바라보는 김 선생의 눈이 촉촉해졌다. 김 선생은 그렇게 바위에 앉아 가족 곁을 지킨, 그러나 지금은 곁에 없는 고양이를 그리워하는 듯했다. 잠시 뒤 뭔가 생각났다는 듯 김 선생이 말했다.

요 아래 근사한 게 있는데 보여드리고 싶어요.

근사한 거요?

사람들이 잘 모르는 곳이에요. 나도 하수오 꽃을 보고 내려갔다가 우연히 발견하게 되었는데, 깜짝 놀랐어요. 이건 뭐, 이 세상 분위기가 아니더라고요.

어떤데요?

말로 해봤자예요. 요 아래 절벽 쪽으로 내려가면
됩니다.

절벽이요?

나는 잠시 망설였지만 몽몽이 바위에서 일어나 김
선생을 따라나설 채비를 했다. 김 선생은 등산화 끈
을 고쳐 맸다. 몽몽이 가고 싶어 한다면 가보는 게 좋
을 것 같았다. 절벽 아래를 바라보니 아찔했다. 김 선
생이 앞장서 걸으며 안전하게 발 디딜 곳을 가르쳐주
었다. 나는 행여 몽몽이 다칠까 봐 안으려 했지만 몽
몽은 걷겠다고 고집을 부렸다. 그렇게 얼마나 내려갔
을까. 경사가 완만해지면서 공터 같은 곳에 이르렀
다. 어디서 굴러온 것인지 알 수 없는 돌들이 깔려 있
었는데 저 너머로 뻥 뚫려 있는 공간이 보였다. 뭔가
의 입구 같았다. 동굴 같기도 했고 흙담 사이로 난 구
멍처럼 보이기도 했다.

나무 그루터기예요. 아마 수백 년은 되지 않았을까
싶죠. 고목나무가 쓰러져 몸체는 썩어 없어졌지만 밑
동과 뿌리가 남아 있답니다. 저게 입구고요.

나무 밑부분이요? 얼마나 크기에 입구가 저 정도

일까요?

나무가 땅속으로 뿌리를 뻗어가며 자신의 살 자리, 설 자리를 확보했던 거지요. 땅 위의 모습이 사라져도 땅속의 삶은 지속되고 있답니다. 우리 눈에 보이는 게 다가 아니라는 거죠. 어쩌면 겉으로 드러나지 않는 것이 훨씬 강한 생명력을 품고 있을지 몰라요.

김 선생의 얼굴에 감동이 서려 있었다. 그루터기 입구에 들어서자 흙냄새보다 고소하고 풀냄새보다 무거운 어떤 냄새가 났다. 어둑어둑한 입구에서 몇 발자국 걸어 들어가니 주위가 점차 밝아졌다. 위가 뻥 뚫려 있고 그곳으로 햇볕이 쏟아지고 있었다. 마치 어둠의 세상에 신의 계시를 표현하는 빛무리가 쏟아진 듯 경이로운 광경이었다. 그 주변으로 크고 작은 나무뿌리가 흙과 섞여 마치 주변에 담을 쌓아놓은 것처럼 바깥세상과의 경계를 만들었다. 안으로 들어갈수록 바닥이 움푹 파여 안온해 보였고 군데군데 초록의 이끼가 덮여 있어 보드라운 느낌이었다. 선택받은 소수의 사람을 위해 자연이 준비한 비밀의 방으로 들어온 듯했다. 겉으로 드러나지 않아도 생명은 지속된다는 김 선생의 말을 실감했다. 그루터기 가운데 서서 뻥 뚫린 위를 바라보았다. 색색의 단풍잎들이 바람에 흔들리고 그 뒤로 푸른 하늘이 무한의 우주처럼 펼쳐져 있었다. 무심히 흘러가는 흰 구름마저 이 세상의 것이 아닌 것 같았다. 태초에 생명이 시작된 곳이 이런 모습이었을까 싶을 정도로 아름답고 신비로웠다.

그루터기 안쪽에 샘이 있었다. 어디선가 시작된 물줄기가 나무뿌리를 타고 흘러내렸다. 김 선생이 양손을 모아 샘의 물을 떠 마셨고 나도 그렇게 했다. 기분 좋게 차갑고 달큰한 맛이 났다. 몽몽에게도 줄까 하고 눈을 돌려보니, 몽몽은 진지한 표정으로 조심스럽게 걸어 다니고 있었다. 몽몽이 제법 굵은 나무뿌리로 다가갔다. 그 주변은 온통 이끼로 뒤덮여 있었다. 몽몽이 코를 갖다 대더니 킁킁거렸다. 앞발로 이끼를 요리조리 건드리자 이끼 밑부분이 달랑거렸다. 그 아래 빈 공간이 있는 듯했다. 나는 몽몽에게 다가가 무릎을 꿇고 앉아 그 부분을 살폈다. 이끼에는 털들이 붙어 있었고 틈새 입구에도 털들이 뭉치를 이루어 여기저기 널려 있었다. 몽몽이 나를 바라보았다. 나는 몽몽이 뭔가 발견했다는 것을 직감했다. 두 손으로 몽몽의 얼굴을 감쌌다.

뭐가 있는 거지?

냐앙.

들어가겠다는 거잖아. 위험하지 않겠어?

냐앙냐앙.

나는 배낭에서 무선카메라를 꺼내 몽몽의 등에 달았다. 몽몽은 킁킁거렸다. 이 작은 몸에 장비까지 부착하고, 무엇이 기다리고 있을지 모를 어두컴컴한 곳에 들여보내려니 마음이 좋질 않았다. 내가 반려묘를 부려먹는 악덕 고용주 같았다. 그러나 영심을 찾기 위해 몽몽의 수고로움은 감수할 가치가 있었다. 몽몽은 영리하고 지혜로워 스스로를 위험에 빠뜨리진 않을 것이다. 몽몽의 이마에 입을 맞추면서 말했다.

아니다 싶으면 바로 튀어. 몽몽이 안전한 게 가장 중요하다구. 알지?

냐아아앙.

몽몽은 주저하지 않고 이끼 밑의 틈으로 들어갔다. 나는 휴대폰을 꺼내 카메라와 연동되는 앱을 열었다. 몽몽의 등에 부착된 카메라가 영상을 전송하기 시작했다. 몽몽은 동굴처럼 어두운 통로를 걷고 있었다. 다리 짧은 먼치킨 고양이가 겨우 걸어갈 수 있는 작은 통로였다. 얼마쯤 걸었을까, 화면이 밝아지더니 넓고 동그란 방처럼 생긴 공간이 나왔다. 아마도 여기처럼 또 다른 나무의 그루터기일지 몰랐다. 어디선가 빛이 들어오고 있어 그곳에 있는 것들을 꽤 정확하게 알아볼 수 있었다. 몽몽이 가장자리를 한 바퀴 돌더니 훌쩍 뛰어 한곳에 착지했다. 땅에 발을 딛는 순간 몽몽이 놀란 듯 작게 하악질을 했다. 그곳의 풍경은 놀라웠다.

저게 뭐죠?

김 선생이 화면을 보고 물었다.

글쎄요, 저도 처음 보는데요.

몽몽 등에 있는 카메라가 찍는 거 맞죠?

믿을 수가 없네요. 이게 무슨.

정말 믿기 힘든 광경이었다. 몽몽 앞에 푸른빛을 띤 투명한 액체 덩어리들이 둥둥 떠다니고 있었다. 나는 그것이 무엇인지 알지 못했다. 비눗방울인 것도 같고 풍선인 것도 같았지만 아니었다. 수백 개, 수천 개의 액체 덩어리들이 햇빛을 받아 빛나고 있었다. 허공을 유영하는 푸른빛의 눈부신 덩어리. 서 작가의 딸이 말한 것과 같았다. 파란빛이 덩어리처럼 울렁거렸거든요. 액체 괴물 슬라임 아시죠? 젤리 같은 거요. 그걸 뭉쳐놓은 것 같았어요. 목격자의 말은 비현실적이었지만 비현실은 아니었다. 실제로 존재하고 있는 것에 대해 그는 말하고 있었던 것이다. 정말이지 영화 〈아바타〉에서나 나올 법했다. 몽몽이 정신을 차렸는지 움직이기 시작했다. 푸른 덩어리들 아래로 내려갔다. 나무 잔뿌리들이 돌출된 곳을 가로지르더니 벽 앞에 멈추었다. 벽에 움푹 팬 곳이 있었는데 어두워서 잘 보이지는 않았다. 그런데 소리가 들렸다. 골골골골. 나는 화면을 유심히 보았다. 어둠 속에서 네 개의 눈동자가 보였다. 몽몽이 조금 가까이 다가가자 화면이 밝아졌다. 그곳에 거대 고양이가 있었다. 드드.

드드가 눈동자에서 강렬한 광채를 내뿜으며 서 있었다. 그 옆에 고양이가 한 마리 더 있었다. 새하얀 털을 가진 샴고양이였다. 영심이 아니었다. 나는 긴장되어 숨조차 제대로 쉴 수 없었다. 몽몽이 드드 쪽으로 다가가려 발걸음을 옮겼지만 뭔가에 부딪힌 듯 튕겨 나왔다. 몽몽이 앞발을 들어 조심스럽게 허공을 어루만졌다. 발바닥에 무언가 닿는 듯 그 너머까지 발을 뻗지 못했다. 눈에 보이지 않는 결계 같은 게 있는 걸까. 몽몽이 결심한 듯 다시 앞발을 내딛으려 했다. 그러다 동작을 멈추고 뒤를 돌아보았다. 몽몽, 돌아와. 화면을 향해 나도 모르게 소리쳤다. 내가 저를 보고 있는 것을 몽몽은 알고 있다는 듯 눈을 천천히 두 번 깜빡였다. 몽몽, 제발. 나의 바람과 달리 몽몽은 힘차게 걸어갔다. 몽몽이 들어간 자리가 안으로 쏙 말려들었다가 몽몽을 안으로 빨아들이고 다시 원래대로 돌아왔다. 몽몽은 사라져버렸다. 카메라 화면은 어둠만을 송출하고 있었다. 블랙아웃 된 것이다.

나는 어찌해야 좋을지 몰라 발만 굴렀다. 내 주먹 하나가 간신히 들어갈 것 같은 작은 구멍을 바라보며 몽몽의 이름을 불렀다. 무슨 일이 일어나는 건 아닐까. 몽몽이 위험해진다면, 아, 몽몽아.

김 선생이 말했다.

조금 기다려보게요. 똑똑한 녀석이잖아요?

그렇죠, 그래도.

그곳에 고양이들밖에 없었어요. 위험해 보이지 않았고요.

간택

고양이는 그렇다 쳐도, 그 푸른 덩어리가 뭔지 알 수 없으니 불안해요.

위험하기보다 아름다워 보이던데요.

아름다운 게 더 위험할 수 있죠. 많은 게 그렇잖아요.

그건 아름다움에 현혹되었기 때문이죠. 아름다움을 그 자체로 느낀다면 다를 겁니다.

그런가요. 몽몽이 있는 곳이 어디일까요? 여기와 비슷해 보였어요. 이렇게 큰 그루터기가 또 있나요?

흠, 다른 건 제가 못 본 것 같아요. 거의 땅속에 속하는 공간이라 사람 눈에 잘 띄지 않으니까요. 여기서 멀지 않은 것 같긴 한데.

그때 갑자기 지진이 난 것처럼 땅이 흔들렸다. 나와 김 선생은 벽 위로 솟아 있는 굵은 나무뿌리를 잡고 넘어지지 않으려 애썼다. 지진은 약 이삼 분 정도 지속되더니 뚝, 끊겼다. 나는 어제 김말숙 씨의 동네를 탐색하던 중 CCTV 화면이 흔들리며 재생되던 게 생각났다. 분명 드드가 행하고 있는 지금 일과 관련이 있을 것만 같았다. 세상이 다시 바로 서 있다는 걸 확인하면서 조심스레 한걸음 내딛었다. 구멍에서 냐앙, 소리가 났다. 몽몽아, 몽몽아, 이름을 불렀다. 몽몽이 나타났다. 다리 짧은 거꾸로-하트 먼치킨 고양이를 보자 나는 안도의 한숨을 내쉬었다. 몽몽은 조금 놀란 듯 눈동자가 커져 있고 머리 위에 마른 이 끼들이 달라붙어 있는 것 말고 크게 이상한 점은 없 어 보였다. 나는 몽몽을 안았다. 몽몽은 내 턱에 얼굴 을 문지르며 가르렁거렸다. 나는 몽몽의 등에 부착된 카메라를 떼서 살펴보았다. 내게 전송되지 않은 화면 이 녹화되어 있었다. 버튼을 누르자 몽몽이 결계 안 으로 들어간 뒤의 장면이 재생되었다.

샴고양이는 눈을 지그시 감고 식빵 굽는 자세로 드드의 옆에 앉아 있었다. 골골골골. 드드가 골골송 을 불렀다. 그러자 공중의 푸른 덩어리들 중 한 무리 가 서서히 고양이들 쪽으로 다가갔다. 잠시 간격을 두고 드드가 다시 골골송을 불렀다. 한 무리의 덩어 리들 중 예닐곱 개가 고양이들 쪽으로 더 가까이 다 가갔다. 덩어리들은 드드의 골골송에 반응하면서 움 직이는 것처럼 보였는데, 어떤 기준인지 모르나 덩어 리들 중 가장 적합한 것이 선택되는 과정인 것 같았 다. 이 과정이 서너 번 더 반복되면서 두 개의 덩어리 가 남았다.

드드의 골골송이 격해지기 시작했다. 덩어리를 감싼 빛이 번개처럼 황홀해지더니 갑자기 샴고양이가 므엥므엥 하며 경련을 일으켰다. 덩어리 두 개 중 하나가 격렬하게 요동치면서 샴고양이의 몸과 가까워졌다. 순간 몽몽이 하악, 하며 드드에게 달려들었다. 안 돼, 몽몽. 이미 끝난 상황이 재생되고 있다는 걸 잊고서 나는 소리를 질렀다. 몽몽이 나를 쳐다보았다. 나는 소리 질러 미안하다고 몽몽에게 사과를 했다. 어쨌건 그 장면에서 나는 두 마리 고양이와 푸른빛 덩어리 사이에서 일어나는 일에 몽몽이 개입해서는 안 될 거라는 생각이 들었던 것이다. 하악질 하며 달려드는 몽몽을 보고 드드가 등을 세우고 꼬리를 부풀렸다. 몽몽에게 달려들 태세를 갖추었지만 공격하지는 않았다. 몽몽이 몸을 날려 드드에게 '냥펀치'를 날렸지만 드드는 맞지 않았다. 드드가 꺄옥, 하는 날카로운 소리를 내며 몽몽에게 헤드락을 걸었다. 다행히 몽몽이 헤드락에 걸리지 않았지만 드드를 피하면서 나무뿌리에 걸려 넘어지고 말았다.

드드가 꼬리를 한껏 치켜올리고 몽몽에게 다가왔다. 드드는 다리를 절룩이면서도 위풍당당함을 잃

지 않았다. 몽몽의 시점으로 화면을 보고 있는 내게
도 거대 고양이 드드의 진격은 꽤 위압적이었다. 드
드가 몽몽 앞에 섰다. 흡사 다윗 앞에 선 골리앗 같았
다. 몽몽을 공격하지는 않았지만 다가오면 가만두지
않겠다는 듯 허리를 세우고 꼬리를 부풀렸다. 몽몽도
비슷한 자세를 취했다. 자기보다 서너 배나 큰 거대
한 몸집 앞에서 몽몽은 기죽지 않았다. 두 고양이의
대치 상태가 꽤나 길었다. 나는 조마조마한 심정으로
지켜봤다. 미야야아아오오오옹. 깊고 큰 소리가 정적
을 깼다. 샴고양이였다. 눈처럼 하얀 샴고양이가 포
효하며 푸른빛을 내고 있었다. 드드가 몸을 돌려 샴
에게 다가갔다. 몽몽도 몸을 돌렸다. 나는 정지 버튼
을 눌렀다. 몽몽의 눈동자를 바라보며 말했다.

몽몽아. 위험할 땐 뛰라고 했잖아. 덤비면 어떡해?

니야옹.

드드가 무섭진 않았어?

냐옹.

몽몽은 이미 무심한 얼굴이었다. 드드의 공격이 자
신을 해하려는 목적이 아니었다는 걸 몽몽은 알고 있
었을까. 인간은 여전히 알 수 없는 고양이들의 세계

간택

였다.

잠깐만요, 저건 개다래나무 같은데요.

김 선생이 화면을 보며 말했다. 나는 김 선생이 가리킨 곳을 살펴보았다. 몽몽이 넘어졌던 나무뿌리 옆 경사진 곳에 무성하게 자란 작은 나무들이 있었다. 고화질 화면이 아니어서 정확하진 않았지만 타원형의 노란 열매가 달려 있는 걸 보니 개다래나무가 맞는 것 같았다.

그런 것 같아요. 잘 아시네요.

중풍이나 안면마비에 효과가 있거든요. 주로 통증을 다스리는 용도로 쓰는데 해롭지 않지만 독성이 있어 소량만 사용하지요.

고양이도 매우 좋아한답니다.

아, 저기 어딘지 알겠어요. 요 바로 아래 자작나무가 군락을 이루고 있는 곳이 있는데 거기 개다래나무가 많거든요. 이렇게 아래로 통하고 있었다니, 정말 신기하네요.

우리는 나무 그루터기를 빠져나왔다. 수색은 여기서 중단해도 되겠다는 내 말에 김 선생은 옆 산으로 가 약초를 캐야겠다고 말했다. 나는 감사하다는 말을 전했고, 그는 언제든 필요하면 연락하라는 말을 남기고 가볍게 절벽을 올랐다. 나는 김 선생을 따라 올라가는 대신 바위에 걸터앉았다. 절벽 아래의 협곡과 그 너머 도시의 풍경을 바라보며 잠시 숨을 골랐다. 몽몽이 물을 마신 뒤 나를 쳐다보았다. 조금 지쳐 보이는 녀석을 보자 미안한 마음이 들었다.

그때 문자메시지가 왔다. 김완백 선배였다. **행운을 빈다**, 는 말과 함께 버럭마고의 연락처와 주소를 보냈다. 나는 배낭에 카메라를 집어넣으려다 다시 꺼내 그루터기의 영상을 재생했다. 버럭마고를 만나 상황을 설명하려면 방금 본 것들을 나 자신이 먼저 정리해야 했다. 정신을 가다듬고 처음부터 끝까지 세세하게 살펴봐야 했다.

다시 보아도 믿을 수 없는 장면들이었다. 푸른 액체 덩어리가 실재한다는 것을 확인한 이상, 그게 뭔지 반드시 밝혀야 했다. 영심의 몸을 휘감은 것도 같은 것일 테니 영심을 찾을 수 있는 결정적인 단서는 푸른 덩어리가 확실했다. 그리고 드드, 골골송을 부르며 푸른 덩어리를 움직이던 회색의 거대 고양이, 그 녀석이 무슨 일을 하는 건지 알아내는 것도 중요

간택

했다. 드드는 마치 희생양을 제단에 올리는 제사장처럼, 혹은 비밀의식을 집전하는 교주처럼 주문을 외고 덩어리들을 움직였다. 그건 아무리 봐도 어떤 제의처럼 느껴졌다. 샴고양이는 경련을 일으키면서도 몸을 피하지 않고 그 모든 과정을 순수하게 받아들이고 있었다. 개다래나무에 취해서였을까, 아니면 드드의 골골송에 모종의 마취효과가 있는 걸까. 드드가 유괴한 것이 확실해요. 김말숙 씨는 처음부터 내게 말했었다. 김말숙 씨는 무엇을 보았던 것일까. 이 제의가 끝나고 나면 샴고양이는 어떻게 될까.

나는 이곳에서 잠복수사를 해야겠다고 생각했다. 그러나 버럭마고를 만나는 일도 미룰 수 없었다. 이럴 때 의지할 사람은 연우밖에 없었다. 나는 연우에게 전화를 걸었다. 다행히 연우는 집에 있었다. 노느니 일하라는 내 말에 연우는 당장 출발한다고, 아니 씻기는 해야겠다고 말했다. 연우는 내 일을 좋아했고 고양이는 더 좋아했으니 고양이탐정을 해도 어울릴 것 같았다. 그러나 난 아직 누구를 가르칠 만큼 고수의 반열에 오른 게 아니고 친구의 직업 이력을 책임질 만큼 경제적 여력이 충분치도 않다. 그래도 언젠가 연우와 함께 고양이를 찾아나서는 장면을 상상해보곤 한다. 그때가 생각보다 일찍 올 수도 있겠다는 생각을 하면서 나는 연우를 기다렸다.

다행히 연우는 산길을 헤매지 않고 예상보다 일찍 도착했다. 디지털 맵과 길 찾기 앱을 사용했다고는 하지만 내 생각에 연우의 방향 감각과 직감은 고양이 못지않은 것 같았다. 몽몽아, 하고 나뭇잎이 흔들릴 정도로 호들갑을 떠는 연우에게 쉿, 하고 주의를 주었다. 몽몽은 연우를 보고 꼬리를 탁탁 치며 반겼다. 연우가 몽몽의 머리를 쓰다듬자 몽몽이 골골거렸고 연우는, 뭘 믿고 이렇게 귀여운 거니, 라며 얼굴을 비벼댔다. 엊그제 보았어도 반가워 죽는 둘이 회포 푸는 걸 지켜보면서 나는 상황을 설명했다. 두 마리 고양이가 나오면 뒤를 밟되, 고양이가 경계심이 강한 만큼 최대한 존재감 없이 움직여야 한다고 일러주었다. 그런 건 고양잇과 사람에게 식은 죽 먹기라며 연우가 큰소리를 쳤다.

벌써부터 존재감 최고치인 거 알아? 조용히 움직이자.

두 마리가 다른 길로 가면 누굴 따라가?

간택

생각지 못한 질문이었다. 연우가 나를 흘겨보았다.

뭐야, 탐정이 그 정도 머리도 안 굴려?

음.

개라면 뭉쳐 다닐 만한데 고양이는 안 그렇잖아. 각자 갈 길을 갈 거라는 생각이 든단 말이지.

연우의 말에 나는 고개를 끄덕였다.

샴을 따라가.

회색은 집으로 갈 거란 거지? 샴은 다른 곳으로 갈 거고. 가출한 건 샴이니까?

그렇게 추측할 수 있지. 적성 찾은 거냐? 꽤 진지하다.

나 취직된 거야?

뭐래.

묘묘탐정 잘나가니까 조수 필요하잖아.

겨우 입에 풀칠하거든.

뭔 말이래. 입에 뭔 풀칠을 한대.

속담 모르냐. 어째 교양과는 점점 거리가 멀어지는 것 같다. 탐정은 박학다식해야 돼.

넌 아니잖아?

적어도 입에 풀칠한다는 속담은 알지.

뭘 풀칠을 한다고 자꾸 그래. 나 생각해봤는데 고양이탐정 괜찮을 것 같아.

직업으로?

응. 너 멋있어 보여.

진심이냐? 오늘 잠복해보고 다시 이야기하는 게 좋겠어.

진심이야.

이거 편의점 알바하고는 차원이 달라. 생명을 다루는 일이라고.

히포크라테스 선서라도 해?

네 생각에 탐정이 갖추어야 할 가장 중요한 자질이 뭔 것 같냐?

명석함? 나처럼?

체력과 인내심이야. 너 9층 계단을 세 번씩 오르내려봤어? 1.2킬로미터를 전속력으로 달려봤냐고. 심장 터져, 쓰러진다고. 더럽고 좁은 데 기어다니는 것도 해야 해. 고양이가 가는 곳이라면 어디든 가야 한다고. 그게 지옥이든 어디든.

오늘도 기어다녔어? 꼴이 거지 같아.

이게 멋있어 보여?

응. 너 오늘 진짜 멋져.

뭐래. 거지라 했다가 멋지다 했다가. 게임하다 폐인 됐냐? 무슨 일 있으면 전화해. 혼자 결정하지 말고.

네, 사장님.

장난치지 마. 지금 고양이 생명이 걸린 일이라고.

알아먹었다고. 어서 가버려. 나 일해야 돼.

연우는 어느새 자리 잡고 앉아 그루터기 입구를 뚫어지게 바라보고 있었다. 두 고양이는 아직까지 모습을 드러내지 않았다. 나는 몽몽을 배낭에 넣고 왔던 길을 되돌아갔다. 버럭마고에게 전화를 할까 하다 어쩐지 아무 연락 없이 그를 만나야겠다는 생각이 들었다. 칩거에 들어간 지 꽤 오래된 이였고 탐정들에게 상처를 입어 거절할 가능성이 더 컸다. 거절당한 후에 다시 청하기는 더 힘들어질 수 있었다. 나는 차의 시동을 걸고 집으로 갔다. 몽몽을 집에 데려다놓고 선배가 보내준 주소로 달리기 시작했다.

버럭마고의 집은 도심을 벗어난 작은 호숫가 근처

에 있었다. 최근 호수 주변으로 산책길이 조성되고 카페와 식당이 들어서면서 '핫플레이스'로 떠오르는 지역이었다. 김완백 선배가 보내준 주소는 커다란 느티나무 옆 두 층짜리 단독주택을 가리켰다. 주택은 소박하게 리모델링되어 있었는데 레스토랑이나 브런치 카페로 영업하면 안성맞춤일 것 같았다. 아닌 게 아니라 건물 입구에 '타로카페'라는 간판이 내걸려 있었다. 나는 잠시 서성였다. 버럭마고가 타로점 치는 사람이라는 건 알고 있었지만 이렇게 간판을 내걸고 타로마스터로 활동하고 있는 줄은 몰랐다. 손님처럼 타로를 봐야 하나, 아니면 이래저래 해서 당신의 도움이 필요합니다, 라고 말해야 하나.

카페로 들어섰다. 카페라테를 주문하면서 타로를 보고 싶다고 말했다. 잠시 기다리라는 대답이 돌아왔다. 호수가 보이는 창가 쪽에 자리를 잡았다. 깃털이 달린 드림캐처와 청아한 소리를 내는 윈드차임 같은 오리엔탈풍 소품들이 눈길을 끌었다. 타로카드에 등장하는 인물들을 그린 패널도 벽에 걸려 있었다. 퀸오브완즈, 나이트오브소드, 여사제, 행맨. 전에 타로점을 본 적이 두어 번 있었지만 크게 흥미를 느끼지는 못했다. 고양이탐정으로 일하기 전, 연우와 함께 치킨을 안주 삼아 생맥주를 마신 뒤 버스를 타러 가는 길에 '타로'라는 보라색 간판을 보았다. 불쑥 들어가고 싶은 마음이 들었던 건 억울함 때문이었을 것이다. 화장실 앞에 단기계약직 직원의 책상을 놓아두는 쓰레기 같은 회사를 때려치워도 되는지, 왜 맨날 쓰레기 같은 회사에 재활용쓰레기 같은 상사만 걸리는지, 내 인생에 또 다른 기회가 오는지, 온다면 언제 어떤 모습으로 오는지, 이런 걸 누가 가르쳐주면 좋겠다는 생각이 들었다. 타로마스터는 내 또래로 보였고 팔에는 검은 거미 문신이 있었다. 타로마스터는 셔플을 끝낸 카드를 자주색 벨벳 위에 차르르 펼쳐놓고 난 뒤, 내게 카드 한 장을 고르라 했다. 그때의 적막감이란. 단 한 번의 선택으로 내 운명이 달라질 것 같았고 내가 선택하지 않은 카드에 더 나은 미래가 담겨 있을 것 같았다. 나만의 카드를 고른다는 설렘보다 내가 고르지 않는 카드에 담겨 있을 행운을 걱정하는 소심한 인간이 나였다. 연우가 재촉하지 않았으면 나는 영원히 카드를 뽑지 못했을 것이다. 펼쳐진 카드들 중 한가운데에서 약간 비켜난, 나를 발견하지 마세요, 라고 말하는 듯 숨어 있는 카드를 뽑았다. 마스터가 카드를 뒤집었다. 행맨, 거꾸로 매달린 남자가 있었다.

저기로 들어가시면 돼요.

카페라테를 가져다주면서 직원이 말했다. 그는 창가와 반대쪽 구석에 입구가 커튼으로 가려진 방을 가리켰다.

버럭마고가 맞나요, 타로 보시는 분이요.

내가 물었다. 직원은 싱긋 웃으며 고개를 끄덕였다. 아주 잘 보세요, 평소에는 대기 줄이 상당한데 오늘 운이 좋으시네요, 라고 말한 뒤 직원은 사라졌다. 나는 카페라테를 한 모금 마시고 심호흡을 한 뒤 일어섰다. 방안은 어두컴컴했고 아로마 향초가 조용히 타오르고 있었다. 청록색 바탕에 넝쿨 줄기가 뻗어 있는 벽지가 독특한 분위기를 냈다. 책상 위 촛불이 흔들릴 때마다 그 앞에 앉아 있는 사람의 그림자가 커졌다 작아졌다 했다. 그림자의 주인 버럭마고. 고양이탐정계의 레전드, 탐정 아닌 탐정, 고양이의 영혼과 가장 닮았다고 회자되는 사람. 버럭마고는 반백의 긴 머리를 뒤로 묶었고 눈을 감고 있었다. 나는 신

간택

비로운 분위기에 압도되어 서 있었다. 버럭마고가 눈을 떴다.

카드 덱을 다시 섞어야겠어요.

낮고 울림 있는 목소리였다. 버럭마고가 내게 의자를 가리켰고 나는 소리가 나지 않도록 조심하면서 앉았다. 버럭마고는 나를 지긋이 바라보며 카드를 섞기 시작했다. 그 눈길이 어찌나 이상야릇한지 나는 눈을 감을 수도, 눈길을 돌릴 수도 없이 한곳에 사로잡힌 느낌이었다. 버럭마고는 셔플을 끝내고 카드 덱을 하나로 모은 뒤 좌르르, 자로 잰 듯 일정한 간격으로 카드를 펼쳐놓았다. 신중하면서도 절제된 모습이었다.

카드가 왠지 들떠 있군요. 어떤 질문을 갖고 오셨나 궁금합니다.

타로마스터는 셔플을 하면서 그날 카드가 뿜어내는 에너지를 읽는다고 했던가. 카드가 들떠 있다는 건 어떤 느낌일까. 나는 어쩐지 가라앉는 느낌인데 카드는 들뜬다니. 버럭마고가 나의 말을 기다리고 있었다. 질문을 해야 할 타이밍. 그런데 나는 무엇을 물어야 할지 모른다는 걸 깨달았다. 이런, 똥멍청이. 영심이 어디에 있는지 물어야 하나, 아니면 푸른빛을 띤 액체 덩어리에 대해 물어야 하나. 망설이는 사이 내 입에서 의도치 않은 말이 흘러나왔다.

숙제가 잘 안 풀립니다.

버럭마고는 고개를 끄덕이고 내게 카드를 한 장 뽑으라고 했다. 나는 모두 똑같은 뒷모습을 보여주고 있는 카드들을 바라보았다. 자로 잰 듯 일정한 간격의 카드들과 달리 미세하게 틈이 더 벌어져 있는 카드가 눈에 들어왔다. 거의 알아챌 수 없을 정도의 틈이었지만 내게 보내는 신호처럼 느껴졌다. 이걸로 하자.

버럭마고가 카드를 뒤집었다. 한 손에 지팡이를 들고 다른 손으로 하늘을 가리키는 자세를 취하고 있는 사람이 나왔다. 마법사, 라고 말하면서 버럭마고가 고개를 끄덕였다.

숙제가 잘 풀리지 않는다고 했지요?

네.

숙제라고 생각하지 마세요, 라고 카드가 말합니다.

네? 숙제가 아니라면,

마법사는 타로 덱에서 첫 번째 카드이지요. 보통 새로운 시작, 창조적 힘, 지식과 진리를 나타내요. 제게는 자기 확신이라는 의미가 더 크게 다가오네요.

간택

자신의 힘을 믿으세요, 그리고 창조하세요. 숙제가 아니라 창조하는 마음으로 일을 풀어나가세요.

창조하는 마음이란 건……?

조금 더 구체적으로 알아볼까요?

버럭마고의 안내로 나는 세 장의 카드를 더 뽑았다. 세 개의 펜타클과 검의 기사, 그리고 운명의 수레바퀴가 나왔다. 버럭마고가 흠, 하고 신음소리를 냈다. 나는 좋다는 건지 좋지 않다는 건지 알 수 없어 불안해졌다. 타로는 길흉을 점치는 게 아니라 잠재의식의 흐름을 읽는 것이라고 검은 거미의 마스터가 말해주었지만 어차피 삶이란 좋은 것과 좋지 않은 것 두 가지밖에 없질 않나.

무슨 일인지 물어봐도 될까요? 카드의 조합이 무척 신기하군요.

저 사실은,

버럭마고가 흥미로운 눈빛으로 나를 바라보았다. 이제는 그를 찾아온 목적을 솔직하게 털어놓아야 할 때. 버럭마고가 어떤 반응을 하더라도 침착하자.

버럭마고님께 도움을 청하러 왔어요.

나를 아는군요.

뵙는 건 처음입니다. 온라인 카페에서 글을 접한 건 아주 오래되었고요. 팬입니다, 진심으로요.

버럭마고의 미간에 살짝 힘이 들어가는 듯했다. 찌푸린 건 아니었고 다만 뭔가 다른 에너지로 바뀌었다는 느낌이었다. 나는 팬이라는 말을 괜히 했나 싶었다. 도움을 청하는 사람의 얕은 임기응변처럼 들리지 않기를 바랄 뿐이었다. 긴장된 마음으로 버럭마고를 바라보았다. 차를 좀 가져올게요, 라고 말하고 버럭마고는 일어섰다. 촛불이 흔들리면서 길고 가느다란 그림자를 만들어냈다. 잠시 후 버럭마고가 차를 가져와 앉았다. 카모마일입니다, 라고 내게 한잔 권하면서 버럭마고가 말했다.

김완백 씨는 잘 지내나요?

저를 아시는군요.

스승과 다른 에너지를 가진 제자라는 것 정도. 저에게 보낸 글, 힘이 되었어요. 그 글에서 풍긴 분위기가 생각나네요. 조심스럽게 길을 탐색하는, 수줍어하면서도 단단한 내면을 가진 탐정. 좋은 자질을 가졌더군요.

어, 감사합니다.

간택

스승은 나를 숨게 만들고 제자는 숨은 나를 찾아냈고요.

나는 당황해서 뭐라 할 말을 찾지 못했다. 그런 나를 보고 버럭마고가 한쪽 눈을 찡긋했다. 반백의 타로마스터는 장난기 가득한 얼굴이었다.

제가 무엇을 도와드리면 되나요?

고양이를 찾고 있어요.

그럴 테지요.

그게, 제가 뭘 봤는데, 그게 뭔지 잘 모르겠습니다. 이 세상에 그런 게 존재한다는 게 말이 되는지.

인간의 눈으로만 보려 하니 그렇지요. 이 세계는, 우주는, 말이 되라고 존재하는 게 아닙니다.

버럭마고가 차를 마셨다. 묶은 머리에서 빠져나온 머리카락 몇 올이 그의 뺨에서 미세하게 흔들렸다. 나는 이 순간의 모든 것을 놓치지 않고 담아두었다. 버럭마고의 모습은 내가 상상한 그대로였다. 아니, 그 이상으로 멋졌다. 맑고 검은 눈, 기품 있는 태도, 장난기 어린 웃음, 그리고 무엇보다 답을 알고 있는 사람의 초연함. 수년 전 버럭마고의 글은 빗소리처럼 내 마음에 스며들었는데 지금 그의 말소리는 함박눈처럼 사각거리며 내 마음에 쌓이고 있었다. 나는 조심스레 이야기를 시작했다. 유괴라는 단어로 시작된 김말숙 씨의 의뢰와 영심의 실종, 드드의 개다래나무, 서 작가의 딸이 본 광경과 몽몽의 카메라가 송출한 장면까지, 되도록 감정을 섞지 않으려 노력하며 말했다. 그러나 푸른빛을 띤 액체 덩어리를 묘사하는 대목에서는 어쩔 수 없이 목소리가 떨렸다. 버럭마고는 진지하게 내 말을 들었다. 고개를 살짝 끄덕이기도 하고 음, 하는 소리를 내기도 했다. 내 이야기가 끝나자 버럭마고가 탁자 위 전화기를 들었다. 이 시간 이후로 예약 받지 마세요, 라고 말했다. 이야기가 길어지는 건가. 어떤 상황이기에 긴 이야기가 기다리고 있는 건가. 버럭마고가 눈을 감았다. 나는 눈꺼풀 밑의 눈동자가 보고 있는 그 무엇이 내게 닿기를 기다렸다.

　아카식 레코드장에 접속한 거군요. 블루섹션입니다.

　버럭마고가 말했다. 나는 그 말을 잘 알아듣지 못했다. 분명 한국말인데도 뜻이 와 닿지 않은 것은 내 생전 처음 들어보는 단어들이었기 때문이다.

　이제부터 제가 하는 말을 잘 들어야 해요. 사람의

눈으로 보면 안 되고 사람의 마음으로 이해해서는 안 됩니다.

버럭마고가 몸을 앞으로 숙여 내 눈을 들여다보았다. 내가 그의 말을 들을 준비가 되어 있는지를 확인하는 듯했다. 나는 심호흡을 하고 고개를 끄덕였다. 사람의 눈과 마음이 아니라면 무엇의 눈과 마음이어야 하는지 알 수 없었지만 어쨌든 내가 상식이라고 생각하는 걸 내려놔야 한다는 건 이해했다.

고대로부터 내려온 비법서에 의하면 세상의 모든 것은 사라지지 않고 흔적을 남겨요. 우주에 존재하는 것은 모조리 기록되고 저장된다는 뜻이죠. 그 기록 창고를 '아카식 레코드'라고 합니다. 여기에는 지구에서 살다 간 수많은 생명체의 역사가 담겨 있죠. 당연히 인류도 해당되고요. 인간의 집단적인 역사와 기억뿐만 아니라 개인적인 것까지, 우리의 말과 행동, 감정, 간밤에 꾸었던 꿈, 한순간 스쳐간 생각들까지 모조리 저장됩니다. 어때요, 말이 되는 이야기는 아니죠?

그게 중요한 게 아니라는 건 이해했어요.

하하, 하고 버럭마고가 웃었다. 멋진 웃음이었다.

좋아요. 계속할게요. 아카식 레코드는 하나의 장場이면서도 분파되어 있어요. 그중 '블루섹션'이라고 불리는 영역이 있답니다. 레코드장 중에서도 특별한 곳이죠. 존재하지만 동시에 존재하지 않으니까요. 아카식 레코드에 저장된 수많은 생각과 기억, 감정과 꿈은 주인이 있습니다. 당연하지요. 그런 것들을 생성해낸 주체가 있기 마련이니까요. 그런데 블루섹션이라는 곳에 저장된 것들은 주인이 없어요. 정확히는 주인이 의식하지 못해요. 그들이 잊고 싶은 것들이 모여 있으니까요. 기억하고 싶지 않은 기억들, 잠시 떠올리는 것조차 고통스러워 아예 그것이 있는지조차 잊어버리고 싶은 생각과 감정들, 그런 게 사념체思念體가 되어 블루섹션을 떠돈답니다.

블루, 푸른빛의 액체 덩어리가 그 기억들인 거네요.

버럭마고가 고개를 끄덕였다.

사념체는 사라지지 않아요. 살아 있는 채로 블루섹션을 떠다니죠. 그러나 영원히 그럴 수는 없습니다. 존재하는 것을 존재하지 않는다고 속여봤자 그건 거짓이죠. 때가 되면 기억들은 제 주인을 찾아가야 해요. 그것이 우주의 섭리이니까요.

간택

섭리라면.

결자해지.

자신도 잊어버린 기억을 어떻게?

말했잖아요. 잊어버린 게 아니에요. 잊어버린 처하는 거죠. 그런 위장과 기만은 삶을 좀먹어요. 영혼이 병들고 사람은 결국 아픕니다. 기억은 원래 태어난 곳으로 돌아가야 합니다. 영혼이 병들어 가녀린 빛이 꺼져버리기 전에. 그것이 우주가 움직이는 방식입니다. 우주는 한 치의 오차도 허용하지 않아요. 혼돈처럼 보이지만 질서정연하죠. 그런 우주의 일을 하기 위해 고양이가 선택된 것입니다. 우주의 섭리를 실현하는 매개자이죠. 영심이라고 했나요?

드디어 영심의 이름이 거론되었다. 이렇게 긴 이야기일 줄 몰랐다. 버럭마고는 차를 마시고 난 후 잠시 눈을 감았다. 그러니까 버럭마고는 영심을 둘러싸고 있던 푸른빛의 액체 덩어리가 누군가가 잊고 싶은 기억의 사념체라고 말하고 있었다. 그렇다면 그걸 영심이 어떻게 되돌린단 말인가. 영심은 왜 선택된 것인가. 내가 묻기 전에 버럭마고가 말했다.

왜 영심인가 하고 묻고 싶겠지요. 그건 저도 알 수

없어요. 선택은 사념체가 하니까요.

　기억이 자기 자리로 돌아갈 때마다 새로운 고양이가 선택되나요? 원래 짝이 맺어져 있는 것처럼?

　각기 다른 고양이가 선택됩니다. 고양이가 집사를 간택하듯, 기억이 고양이를 간택하죠. 아카식 레코드 장에 접속하는 고양이는 두 부류라고 알려져 있어요. 지켜보는 자와 행하는 자. 블루섹션에 속한 어떤 사념체에 변화가 일어나는 것을 알아차리는 고양이가 지켜보는 자이죠. 드드라는 고양이가 그 역할을 하고 있는 걸로 보입니다. 드드는 블루섹션을 지켜보면서 누군가의 기억이 되돌아가야 할 때라는 걸 알아차리고 그 일을 수행할 고양이를 블루섹션으로 안내하는 겁니다. 드드의 역할은 거기까지죠. 그 이후의 일은 행하는 자가 맡아 합니다.

　영심.

　나는 김말숙 씨를 생각했다. 버럭마고의 설명처럼 드드가 영심을 블루섹션으로 안내한 게 맞다면 김말숙 씨의 예감은 정확하다고 말할 수 있었다. 집에서 잘 살고 있는 반려묘에게 다가와 집을 나가게 만들었으니 집사의 입장에서 '유괴'라는 단어를 씀직도 한 것이다.

영심을 찾으려면 영심을 휘감은 액체 덩어리, 아니 기억의 사념체가 누구의 것인지를 알아야겠군요. 그건 어떻게 알 수 있을까요?

알 수 없습니다.

네?

영심이 누구의 기억을 되돌려주고 있는지 우리는 알 수 없어요. 일을 마치기 전까지 영심은 돌아오지 않을 겁니다. 기억을 되돌려주는 작업을 마치고서야 영심은 나타날 겁니다. 마치 아무 일도 없었다는 듯.

귀가한다는 건가요?

집사의 품으로 돌아갈 겁니다.

돌아온다고요.

나는 그동안 내가 찾지 못했던, 그러나 결국 집사의 품으로 돌아온 고양이들을 생각했다. 집과 주변, 지하실과 옥상, 이웃집과 동네, 공원과 공사장, 반경 1킬로미터를 넘어 2킬로미터, 3킬로미터까지 샅샅이 뒤진 뒤, 탐정으로서 더 이상 할 수 있는 일이 없을 때 나는 추적 종료를 선언했다. 그로부터 일주일, 혹은 열흘, 한 달, 153일이 지났을 때, 의뢰인이 기쁨에 들떠 전화하기도 했다. 녀석이 돌아왔어요. 우리 또치가 창문 앞에서 나를 보고 있더라니까요, 좀 마르긴 했지만 우리 또치가 맞아요, 방금 전 나갔다 돌아온 것처럼, 정말 아무 일 없었다는 듯 태연하게 들어오더라니까요. 그렇다면 소나기처럼 집을 나갔다 바람처럼 귀가한 고양이들이 모두 아카식 레코드장에 접속한 고양이들이었을까?

그냥 기다려야 하는 건가요? 혹시 무슨 일이 생길지도 모르잖아요? 위험한 일일 수도 있으니까요.

쉬운 일이라고는 안 했습니다. 잊어버리고 싶은 기억을 직면하는 게 보통 일은 아니니까요. 선택된 고양이는 위험을 감수해야 합니다. 그럴 수 있기 때문에 고양이가 그 일을 하는 거구요.

왜 고양이들에게 그런 역할이 주어진 걸까요? 그 일을 하도록 태어난 특별한 고양이가 있는 건가요?

그건 저도 정확히 알진 못합니다. 다만 이렇게 말할 수는 있겠네요. 고양이는 우주와 가장 닮은 생명체라고요.

혼돈처럼 보이지만 질서정연하다?

버럭마고가 한쪽 눈을 찡긋했다. 반백의 유쾌한 마

스터가 말을 이었다.

그렇죠. 보이지 않지만 분명 존재하는 것을 감지하는 능력이 가장 뛰어나기도 하고요. 고양이는 우주의 비밀을 수호하는 자이니까요.

아, 그런 거였다. 비밀을 수호하는 고양이, 그 느낌이 뭔지 나는 알 것 같았다. 몽몽과 함께 지내면서 나는 한밤중에 깨는 일이 많았다. 코앞에서 내 숨결 말고 다른 숨결이 느껴질 때, 내 주변을 배회하는 어떤 존재가 감지되었을 때, 어김없이 몽몽이 있었다. 잠에서 깨어난 나와 눈이 마주칠 때면, 몽몽은 깊은 어둠을 배회하던 것을 잠시 멈추고, 마치 자신은 태초부터 그런 자세를 취하고 있었던 것처럼 정지 상태로 나를 바라보았다. 그럴 때의 몽몽은 버럭마고의 묘사와 일치했다. 신령스러운 밤의 수호자, 우주의 비밀을 간직한 마법사. 몽몽의 자태는 깊은 밤의 질서를 흩뜨리지 않을 만큼 조심스러웠고, 그 시선은 우주의 비밀을 간직하고 있는 듯 초연했다. 어둠의 기운 속에서 피어나는 신령스러운 수호자. 그것은 한낱 문학적 수사가 아니라 진실이었던 것일까.

버럭마고가 말을 이어갔다.

고양이는 예언자이기도 하고 마법사이기도 해요. 당신이 뽑은 이 첫 번째 카드처럼요. 고대 이집트에서 고양이는 이승과 저승을 연결해주고 부활의 열쇠를 지녔다고 믿어졌죠. 이편에 있지만 저편으로 나아가는 방법을 알고 있으니까요. 유럽에서는 검은 고양이를 숭배하기도 했어요. 자기 주변의 악한 기운을 몸에 흡수했다가 특정한 곳에 그 불길한 에너지를 방출할 수 있는 능력이 있다고 믿었죠. 이런 이야기들이 아카식 레코드장에 접속하는 고양이에 관한 서사입니다. 물론 숭배만 있었던 건 아니죠. 중세 유럽에서 마녀사냥의 광풍이 몰아칠 때 마녀와 함께 화형당했던 게 바로 고양이입니다. 고양이 꼬리에 사탄의 머리털 한 가닥이 숨어 있다고 믿는 사람들이 많았으니까요. 우주의 수호자는 그런 시련을 겪었습니다. 그건 어찌 보면 피할 수 없는 일이었는지도 몰라요. 자신이 이해할 수 없는 것에 인간은 공포를 느끼니까요. 고양이의 육감은 늘 인간에게 공포의 대상이었죠.

버럭마고가 차를 한 모금 마셨다. 나는 마녀와 함께 빗자루를 타고 밤을 여행하는 고양이의 이미지를

간택

떠올렸다. 그 마녀는 혼자 산다는 이유로, 약초를 잘 알고 사람들을 치료해낸다는 이유로, 그리고 고양이와 교감한다는 이유로 화형에 처해졌던, 독립적이고 자유로운 영혼의 소유자일 뿐이었다. 머리가 복잡해졌고 신선한 공기를 마시고 싶은 갈증이 일었다. 깊은 호수의 비밀을 탐험하느라 너무 오래 잠수하고 있는 느낌이었다.

저, 마지막으로 여쭤봐도 될까요?

망설이며 묻는 내게 버럭마고가 다시 눈을 찡긋했다. 아까의 장난기 어린 표정을 띠고 있었다. 어떻게 한 사람이, 탄성을 자아내는 기품과 미소 짓게 만드는 장난기를 동시에 지니면서 저렇게 조화로울 수 있는지 나는 감탄했다. 저런 사람이 왜 버럭마고가 되었을까.

이 모든 게 사실이냐고 묻고 싶겠지요? 어떻게 알게 되었는지도요?

솔직히 믿기 힘든 이야기였다. 아카식 레코드니 블루섹션이니 기억의 사념체니, 이게 도대체 다 무어란 말인가. 나는 그저 집 나간 고양이를 찾는 탐정일 뿐인데 고대의 비법서에 기록되어 있다는 이야기가 나와 무슨 상관이 있단 말인가. 영심은 다른 많은 고양이들이 그렇듯 불쑥 집을 뛰쳐나갔다가 돌아가는 길을 찾지 못했을 것이다. 아니면 다른 고양이가 영역표시를 해두는 바람에 집 근처에 접근할 용기가 나지 않아 돌아오지 못했을 수도 있다. 혹은 커다란 개가 달려들어 놀란 가슴 쓸어내리며 어느 바위틈에 숨어 있을 수도 있다. 그도 아니면 드드가 맛보여준 개다래나무 잎이 너무 좋아서 그걸 뜯어먹느라 날이 가는 줄 모를 수도. 아, 영심아, 너는 도대체 어디 있는 거니.

혼란스러워하는 나를 보며 버럭마고는 카드를 가리켰다. 그래, 내가 뽑아놓은 세 장의 카드가 더 있었지.

나는 고양이탐정이 아닙니다.

버럭마고가 말했다.

그렇지만 고양이탐정의 레전드로 불리죠.

내가 말했다.

나는 타로가 좋을 뿐이에요. 타로가 말해주는 것을 따라가다 보니 사람들이 보지 못하는 많은 것을 보게 되었을 뿐입니다. 그리고 타로의 이야기와 가장 잘 맞는 게 고양이라는 걸 알게 되었을 뿐이고요. 묘묘탐정이 뽑은 카드는 이렇게 말하고 있어요. 당신은

간택

구하는 것을 얻을 겁니다. 혼자가 아니라 함께 말입니다. 당신 안의 힘을 발견하고 그것을 세상을 위해 쓰기로 마음먹는 순간, 당신은 새롭게 태어날 거예요. 새로운 운명이 당신에게 도래합니다. 그러니 자신을 믿고 나아가세요. 당신 안에 해답이 있습니다.

휴, 하고 한숨이 나왔다. 내 안에 해답이 있으니 그걸 믿고 나아가라니. 고양이 찾을 방법을 구하러 왔는데 자신을 믿고 나아가라는 답을 받았다. 어떻게 찾을 건지에 대해서는 어떤 힌트도 없이. 버럭마고의 이야기를 믿는다면 나는 영심이 제 발로 귀가하는 것을 기다리면 되고 버럭마고의 이야기를 믿지 않는다 해도 내가 할 수 있는 일은 별로 없다. 나는 무기력해졌다. 그리고 무척 피곤했다.

버럭마고는 내게 마지막으로 카드를 두 장 더 뽑으라고 말했다. 나는 양쪽 가장자리에서 두 장을 선택했다. 카드를 뒤집은 후 버럭마고는 아홉 개의 지팡이와 힘 카드라고 말했다.

흠.

버럭마고의 표정이 심각해졌다.

아, 뭔가 좋지 않은 일이 일어나는군요?

쉬운 일이라고는 안 했습니다.

정확하게 말씀해주셔야 해요. 지금 제겐 그런 게 필요합니다.

행하는 자가 위험에 처할 수 있습니다.

영심이요?

행하는 자는 늘 위험을 감수합니다. 지켜보는 자가 때를 알려줄 거예요. 그때 당신은 자신을 믿고 나아가야 합니다. 그래야 모두를 구할 수 있어요.

제가 구해야 한다고요?

당신만이 그럴 수 있습니다.

제가 뭘 구할 수 있을지, 저는 그저 고양이탐정인데요.

그렇죠. 당신은 고양이탐정이에요. 결국 어떤 비밀을 알게 될, 그래서 고양이의 영혼과 닮아가게 될 진정한 고양이탐정.

버럭마고가 카드 덱을 거둬들였다. 나는 일어섰다. 위스키가 마시고 싶었다. 버럭마고와 나눈 이야기를 혼자 조용히 복기할 시간을 가져야 할 것 같았다. 나는 버럭마고에게 부산스러운 작별인사나 감사의 인사를 하지 않았다. 조만간 곧 다시 만날 것 같은 예감이 들었다. 다만 이렇게 말했다.

　만약 제가 찾는 것을 얻는다면, 다시 올게요. 이 모든 걸 어떻게 알게 되었는지는 그때 듣겠습니다.

　나는 가볍게 인사했다. 버럭마고가 싱긋 웃었다. 흠모하는 이의 웃음을 뒤로하고 나는 돌아섰다.

아카식 레코드

―――

벌써 밤이 오고 바람이 불었다. 차로 돌아온 나는 시동을 켜지 않고 잠시 앉아 있었다. 고양이에 관한 심오하고도 무거운 이야기를 나눈 탓인지 위로가 필요했다. 몽몽이 보고 싶었다. 내 품에 안겨 개냥이답게 골골 소리를 내며 얼굴을 비벼준다면 얼마나 좋을까. 부드러운 털이 얼굴에 닿는 순간 꽉 조여 있던 마음이 헐거워지고 다시 영심을 찾아 나설 힘을 얻을 수 있을 것 같은데.

휴대폰이 울렸다. 연우였다. 아, 드드와 샴. 나는 서둘러 전화를 받았다.

어떻게 됐어?

고양이가 개빨라. 헉, 심장 터져 죽기 직전이야.

어딘데.

어딘지를 어떻게 설명하지? 어쨌든 낯선 동네. 쪼그리고 앉아 이층집을 지켜보고 있어. 이게 잠복이지?

녀석들이 움직였구나?

멀리는 아냐. 너 가고 난 뒤 두 시간쯤 지났을 거야. 고양이들이 있긴 하나 싶고 지루해서 몸이 꼬일 때였지. 방광이 터질 것 같아서 풀더미에 잠깐 실례하고 왔더니 스윽 나타난 거 있지. 한 마리는 회색, 한 마리는 흰색.

회색 고양이가 드드야. 다리 절룩거리지?

조금 절긴 했어. 와, 근데 그렇게 큰 고양이는 처음 봐. 덩치도 크고 카리스마 장난 아냐. 회색의 벨벳 망토를 걸친 줄 알았잖아. 왜, 옛날 중세시대 장군들이 그런 망토 휘날리며 전쟁터에 나가잖아. 비주얼로 보면 장군감이야. 흰색 샴고양이는 아무래도 좀 약해 보여. 털도 야리야리해서 온실 속 화초 같다고나 할까. 사랑 많이 받고 자란 티가 확 나. 회색 고양이가 이 동네에서 짱 먹고 있는 거지?

지금 그게 중요한 게 아냐.

근데 나 봤어.

뭘?

푸른빛. 어두워지니까 샴고양이에게서 푸른빛이 나던걸. 뭔가 슬라임 같기도 하고.

액체 귀신.

그래, 그거. 뭐가 있는 거지?

연우는 푸른빛을 보고서도 크게 놀라는 기색이 없었다. 그런 면에서 연우는 참 독특했다. 남들 놀랄 때는 뭐 그깟 일로 호들갑이냐며 홀로 평온하고, 남들이 별일 아니라며 그냥 지나칠 때는 큰일 난 것처럼 방방 뛰곤 한다. 이런 특성은 고양잇과가 아니라 물개나 돌고래 과가 맞지 않을까 싶은데, 어쨌든.

나중에 말해줄게. 지금은 고양이들 안위가 중요해.

두 고양이가 절벽 밑으로 난 길을 따라 내려가더니 마을로 들어섰어. 거대 고양이가 앞서고 샴고양이가 뒤따르고. 길 따라 잽싸게 움직이더니 이 집 앞에서 멈추었어. 샴고양이가 가볍게 담으로 뛰어 올라갔고 거대 고양이는 돌아갔어.

아카식 레코드

집으로?

그건 모르지.

샴은?

담으로 뛰어 올라간 뒤로 보이지 않아. 현관문 앞을 기웃거렸더니 내가 배달기사쯤 된 줄 알았나 누가 문을 열어보더라고. 큰 소리로 누구세요, 물어보는데 쫄려서 튀었어. 지금은 집이 잘 보이는 맞은편 건물 옥상에서 잠복 중이야.

그래, 일단 지켜봐.

언제까지?

조금 더.

밥은 어떡해?

잠깐 편의점 들르든가.

근데 이 녀석들 무슨 사이야? 샴과 헤어지기 전 거대 고양이가 정성스럽게 그루밍을 해주더라고. 마치 군대 가는 애인 배웅하듯이 말야. 잘하고 와, 이런 분위기였어. 뭔지 알지?

그걸 내가 어떻게 알아?

샴이 들어가고 난 뒤에도 거대 고양이가 한참 동안 아련하게 바라보고 있었다니까. 샴은 어디로 간 걸까, 아니 왜 간 걸까.

 그걸 알아내는 게 너의 일이야. 지금부터 연우 네가 고양이탐정이라고 생각해. 프로페셔널해져. 쫄지 말고 네 일 해야 된다는 뜻이야. 알지? 조금 지켜보다가 탐문을 시작해. 거기 사는 이들에게 정중하게 물어봐. 샴이 집 안으로 들어오지 않았는지, 아니면 샴을 본 사람이 있는지 등등.

 집 전체를 다?

 그래, 몇 가구 살아?

 2층으로 올라가는 계단이 따로 나 있고 각 층마다 문이 두 개니까 네 가구인 것 같아. 탐문이라, 역시. 태블릿 가져오길 잘했네. 목격자 진술 이런 거 받아 적어야 할 것 같았거든. 탐정 하려면 나 정도 준비성은 있어야겠지? 나 인터뷰 잘하는 거 너 알지? 내가 싹 다 물어보고 꼭 찾아낼 거야. 나 믿지?

 방방 뛰지만 마. 사람들 놀랜다. 고양이 생김새가 정확한지 잘 확인하고. 샴이 흔하지 않아서 다행이긴 해.

 흔하다니, 어쩜 고양이가 그렇게 부티가 나냐. 미모에 우아함에 눈은 또 얼마나 이쁜지, 새하얀 털이 달린 천사 같다니까. 역시 동물이나 사람이나 털빨이 중요해. 나 이참에 머리 다시 기를까 봐. 머리털도 탈색해서 하얗게 하고. 샴처럼 부티 나게. 나 지금 고양이한테 샘내는 거 맞지?

적당히 해라. 네가 부티 안 나는 게 설마 머리털 때문일까.

사람도 털빨이라니까. 개과 인간이 뭘 알겠냐.

멍멍. 나는 드드한테 가볼게. 무슨 일 있으면 바로 전화해.

나는 연우에게 도시락이라도 사다줄까 하다 말았다. '지켜보는 자'라고 버럭마고가 말한 고양이를 보러 가야 했다. 드드, 그 녀석이 내 질문에 여전히 침묵으로 일관한다 해도 나는 왠지 회색의 거대 고양이를 다시 만나야 할 것 같았다. 나는 차에 시동을 걸고 하얀 집으로 향했다.

이수언 씨는 집에 있었다. 늦은 시간 죄송합니다, 라고 말을 건네는 내게, 카레 만들고 있는데 같이 먹을래요, 라고 그가 말했다. 나는 오늘 아무것도 먹지 않았다는 걸 깨달았다. 배에서 꼬르륵 소리가 났다. 이수언 씨가 해맑게 웃었다. 나는 캣타워의 숨숨집을 들여다보았다. 드드는 자고 있었다. 푸른 빛 덩어리를 움직이는 의식을 치르고 샴고양이를 기억의 사념체 주인에게 인도하는 일까지 마치고 귀가한 모양이었다. 물론 버럭마고의 이야기를 믿는다면 그렇다는 말이다.

나는 잠시 드드의 자는 모습을 지켜보았다. 인기척에도 눈을 뜨지 않는 걸 보니 깊은 잠에 빠져 있는 듯했다. 크고 동그란 얼굴과 다부진 골격, 길고 굵은 꼬리, 벨벳 망토를 걸친 것 같은 윤기 흐르는 털. 고양이 장군감이라던 연우의 말이 떠올라 후훗, 하고 작게 웃었다. 내 웃음소리에 드드가 눈을 떴다. 깊고 고요한 주홍빛 눈동자를 마주하자 웃음이 거두어졌다. 그저 눈만 떴을 뿐인데 이 공간의 공기 흐름이 바뀌어버린 듯했다. 드드는 그럴 만했다. 아카식 레코드 장에 접속하는 고양이, 비밀의 수호자이자 지켜보는 자이니까.

안녕.

내가 인사를 건네자 드드가 내 눈을 뚫어지게 바

라보았다.

내가 영심을 찾고 있는 걸 너는 알고 있지? 영심이 어디 있는지도 알고 있을 거야, 그렇지?

드드가 천천히 눈을 깜빡였다. 내 말에 귀 기울이고 있다는 표시 같았다.

영심이 있는 곳을 말해달라고 해도 묵묵부답이겠지. 계속 조른다면 기다리라 할 테고, 영심이 일을 끝낼 때까지 말야. 그렇지, 드드?

드드가 방금보다 더 천천히 눈을 깜빡였다.

그래, 고양이 눈 키스 고양이가 눈을 반쯤 감고 천천히 다시 뜨는 행동. '느린 깜빡임'이라고도 하는데 사랑과 신뢰의 표현으로 알려져 있다를 해줄 정도면 최소한 나를 적으로 여기지는 않는다는 거잖아. 고마워, 드드. 오늘 내가 오랫동안 흠모해온 이를 만났어. 그가 어떤 비밀을 말해주더구나. 너와 영심이 우주의 섭리를 지키는 일을 하고 있다고 말야. 누군가의 기억이 제자리를 찾아가도록 해준대. 그건 누군가의 영혼이 회복되도록 돕는 일이라고 했어. 솔직히 아직 잘 모르겠어. 믿기 힘든 이야기잖아.

드드가 갑자기 골골 소리를 냈다. 나는 드드의 의

도를 이해했다.

그래, 네가 부르는 골골송을 들었어. 푸른빛의 액체 덩어리도 보았고. 그렇다 해도 아카식 레코드장이니 블루섹션이니 하는 이야기가 진실이라고 단정할 수는 없잖아.

순간 드드의 눈이 빛을 냈다. 빛은 곧 사그라졌지만 나는 광채를 느낄 수 있었다.

화내지 마, 드드. 나는 인간이고 이제 막 고양이 세계를 알아가는 탐정일 뿐이야. 그동안 믿어왔던 걸 송두리째 바꾼다는 건 어려운 일이야. 내게도 시간을 줘야지. 지금 내가 믿고 안 믿고는 중요하지 않아. 중요한 건 이거야. 인간과 우주를 위해 큰일을 한다 해도 영심이 위험해지면 안 되잖아. 영심이 도움이 필요할 때, 그때는 말해줄 거지, 드드?

드드가 천천히 두 번 눈을 깜빡였다. 나도 드드를 따라 두 번 눈을 깜빡였다. 우리는 잠시 동안 그렇게 눈을 맞춘 채 서로의 세계에 접속했다. 드드의 주홍색 눈에 따뜻한 빛이 감돌았다. 나는 드드가 내 마음을 읽었다고 생각했다. 드드는 다시 눈을 감고 잠에 곯아떨어졌다.

아카식 레코드

영심이 위험해요?

어느새 이수언 씨가 내 뒤로 다가와 있었다. 나는 흠칫하며 몸을 돌렸다.

그럴 가능성도 생각해야지요. 집을 나갔으니 안전하다고 볼 수 없으니까요.

이수언 씨는 고개를 끄덕였다. 카레 냄새가 식욕을 자극했다. 감자와 당근을 듬뿍 넣은 카레와 플레인 난이 식탁에 차려졌다. 이수언 씨가 먹기 좋은 크기로 난을 찢었다.

피곤해 보여요. 우선 먹는 데 집중하기로 하죠.

우리는 별말 없이 음식을 먹었다. 각자의 그릇에 카레를 붓고 난을 찍어 입에 넣고 오물오물하다 보니 마치 이수언 씨와 매우 친밀한 사이인 듯 착각이 들었다. 마주 보고 앉아 말없이 음식을 먹어도 어색하지 않을 수 있는 사람이 할머니와 연우 말고 또 생긴 걸까. 서로에 대한 충직함과 의리를 쌓을 만큼 오랜 시간을 함께하지 않아도 그럴 수 있는 것인지 나는 잠시 생각했다. 아니면 이 편안한 침묵은 아주 작은 스크래치에도 바사삭 부서져버리는 것일지 모른다. 지금의 침묵은 내가 찾고 있는 어떤 진실로 들어가기 전 충전을 위해 필요한 것이니까. 그 세계가 우리를 어디로 데려갈지 아무도 알 수 없지만 이렇게 편안한 상태로 우리를 내버려두지 않는다는 것은 예감할수 있었다. 게다가 내가 탐정으로서 모종의 이해관계를 갖고 이 사람을 대하고 있다는 건 분명했다. 그래도 이 사람이 만들어준 음식은 맛있다. 그리고 따뜻하다, 라고 나는 마지막 난을 입에 넣으며 생각했다.

지난번에 영심이 고단한 여행을 떠난 거라고, 다시 돌아올 거라고 했잖아요.

이수언 씨는 말없이 고개를 끄덕였다.

돌아온 고양이가 있었나요? 드드가 집에 데려온 친구들 중에요.

제 말을 믿기로 한 건가요?

어제오늘 들은 이야기 중 그래도 이수언 씨 말이 가장 현실적이거든요.

이수언 씨가 웃었다. 여전히 바르고 예쁜 웃음이었지만 뭔가 의미심장했다.

얼마나 비현실적인 이야기를 들었기에, 저도 듣고 싶은데요.

그 이야기는 나중에요. 제가 먼저 물었잖아요.

차 마실래요? 카모마일 괜찮아요?

나는 고개를 끄덕이면서 요즘 차는 카모마일이 대세인지 궁금했다. 버럭마고도 그렇고 내 앞의 이 사람도 그렇고 타인에게 차를 권하는 이들에게 카모마일은 뭔가 특별한 모양이었다. 이수언 씨가 차를 내왔다.

드드는 외출냥이예요. 외출이 잦고 시간도 길죠. 물론 귀가는 합니다. 집에서 밥을 먹고 잠도 자고요. 제가 보기에 이 녀석은 길냥이와 집냥이의 이중생활을 하는 것 같아요. 집 밖 생활과 집 안 생활을 철저히 나누고 심지어 그 둘의 균형을 잘 잡고 있으니까요.

고양이 세계의 '워라밸'인가요?

그럴지도요.

우리는 후훗, 하고 웃었다.

드드와 달리 까옹과 모모는 집 안을 벗어나지 않아요. 어머니 계실 때부터 그랬어요. 이 집을 세계의 전부라고 생각하는 것 같아요. 창고 문에 달린 펫도어 봤죠? 드드는 늘상 들락거리지만 두 녀석은 얼씬도 하지 않아요. 마음만 먹으면 언제든 나갈 수 있는데 말이죠.

세 마리 사이가 좋나요?

나쁘지 않아요. 까옹은 드드와 장난도 치고 그루밍도 해주고요. 모모는 막내고 덩치도 작아서 그런지 드드를 조금 어려워하는 것 같아요. 보시다시피 드드가 워낙 몸집이 커서 위압적으로 느껴지나 봐요.

동네에서 '짱 먹는' 거대 고양이. 나는 연우의 말이 떠올라서 다시 웃었다. 연우는 잘하고 있으려나. 아직 전화가 없는 걸 보니 특별한 일은 없는 것 같았다. 연우는 고양잇과 인간에게 식은 죽 먹기라고 큰소리 뺑뺑 쳤지만 실전에는 늘 다른 변수가 생기기 마련이다. 상황에 맞게 임기응변을 발휘하고 잘 대처하는 것이 경험이고 노하우다. 그런 건 누가 가르쳐줄 수 없는 것, 자기의 몸과 마음을 움직여 체득해야 하는 것. 그러다 보면 상황에 대처하는 자기만의 방편이란 게 생긴다. 그런 게 소중하다. 그건 누구의 것도 아닌 자기만의 것이니까.

드드가 제게 오고 나서 몇 달이 흐른 뒤, 이 녀석에게는 다른 고양이와 다른 뭔가 있겠다는 생각이 굳어지더군요. 드드가 친구 고양이들과 모종의 일을 함께한다는 걸 알게 되면서요. 어느 날 퇴근해서 저녁을

아카식 레코드

먹고 있는데 드드가 외출했다가 귀가하더군요. 그런데 동행이 있었어요. 드드 뒤로 치즈냥 한 마리가 있더라고요. 저를 보고도 겁내지 않고 드드를 따라 숨숨집으로 들어갔어요. 그러더니 밤에 둘이 나갔고 새벽에 드드 혼자 들어왔고요. 첫 번째는 치즈냥이, 두 번째는 브리티시쇼트헤어, 그 뒤로 코리안쇼트헤어, 먼치킨, 랙돌……. 다양한 고양이들이 우리 집에 왔지요. 여러 마리도 아니고 꼭 한 마리씩이요. 드드와 숨숨집에 잠깐 머물다 사라졌어요.

그냥 노는 거 아닌가요? 모종의 일을 함께하는 것치고 정작 하는 일이 없잖아요.

처음에는 저도 그렇게 생각했어요. 드드는 친구가 많은 인싸 고양이구나, 나중에는 집에서 파티까지 하겠다, 그렇게 드드에게 농담하고 웃었죠. 그러다가 까옹이 사라진 적이 있었어요. 드드와 함께.

까옹이요?

저 녀석이요.

어느새 까옹이 이수언 씨를 향해 니아옹, 하고 다가왔다. 제 이름을 말하자 먹을 걸 준다고 생각했는지 몸을 스윽 비비기 시작했다. 모모도 덩달아 간식을 재촉했다. 이수언 씨는 두 녀석에게 닭가슴살 퓌레를 챙겨주고 물을 갈아준 뒤 다시 의자에 앉았다. 깔짝깔짝 퓌레 먹는 소리가 들리기 시작했다.

그날 밤 녀석들 밥을 챙겨주고 저는 소파에 앉아 책을 읽고 있었어요. 드드가 캣타워에서 내려와 까옹에게 다가가는 겁니다. 얼굴을 비비고 그루밍을 하고 되게 친한 척을 해요. 보통 까옹과 모모가 밥을 먹을 때 드드는 자거든요. 드드는 내킬 때 밥을 먹는 녀석이라 자율급식이고요. 까옹도 그런 드드가 싫지 않은지 다 받아주고 있었어요. 심지어 두 녀석이 우다다를 하더라니까요. 거실 저 끝에서부터 이 끝까지 두세 번을 뛰어요. 나 잡아봐라, 잡히면 죽는다, 이렇게요. 그렇게 몸을 풀더니 드드가 펫도어 쪽으로 걸어갔어요. 까옹이 뒤따라갔고요. 드드가 익숙하게 문밖으로 나가더군요. 보통 드드가 외출할 때 까옹은 쿨하게 뒤돌아서거든요. 그런데 까옹이 나를 쳐다보는 거예요. 갔다 올게, 내게 인사하는 것처럼요. 그러고는 펫도어로 나갔어요. 저는 놀랐죠. 한 번도 집 밖을 나선 적이 없는 녀석이었으니까요. 드드와 달리 그 녀석에게 바깥세상은 너무 넓고 낯선 곳이잖아요. 그건 까옹이 집에 돌아오지 못할 수도 있다는 뜻이고요. 서둘러 뒤쫓아 나갔습니다. 두 마리는 벌써 숲 쪽으로 걸어가고 있었어요. 그러다 사라졌고요. 숲으로 들어가 녀석들을 찾아다녔죠. 한참 만에 두 녀석을 발견했어요. 드드가 앞서고 까옹이 뒤따르고. 그때 제 눈에 이상한 게 보였어요. 비현실적이고 초현실적인 거요.

푸른빛의 액체 덩어리.

이수언 씨가 고개를 끄덕였다.

왜 어제 말해주지 않았어요? 그런 중요한 이야기를.

탐정님도 보았으니 알 텐데요. 내 눈으로 봤지만 믿지 못하잖아요. 내 스스로 믿지 못하는 걸 남이 이해할 수 있게 설명한다는 건 불가능하지 않나요.

나는 서 작가 딸과 통화했을 때의 느낌을 떠올렸다. 처음에는 뭐지, 했고 이 사람 소설 쓰나 비웃었고, 나중에는 그 말을 하는 사람의 정신 상태까지 의심했다.

까옹이 무사히 귀가한 건 확실하죠? 제게 중요한 건 그겁니다.

일주일 만에요. 숲을 뒤지고 또 뒤졌지요. 그날도

숲을 한 바퀴 돌고 왔는데 글쎄, 까옹이 베란다 유리창에서 나를 보고 있더라니까요. 아무 일 없었다는 듯 밥 달라 냐옹, 하는데 기가 막히더군요.

그동안 어디에서 무엇을 했을까요?

그 의문이 풀린 건 누군가 우리 집에 찾아왔을 때였죠.

나는 차를 한 모금 마셨다. 어떤 이야기가 또 시작될 모양이었다. 이번 이야기는 얼마나 비현실적이려나. 정신이 혼미해질 정도는 아니었으면 싶었다.

까옹이 집에 돌아온 지 서너 달쯤 되었을 거예요. 어떤 분이 우리 집을 찾아왔어요. 까옹 목걸이에 있는 전화번호를 기억하고 있었다고. 제 어머니 연락처인데 어머니가 휴대폰 해지를 안 하셔서 알게 된 거죠.

이수언 씨를 만나고 싶었던 이유가?

제가 아니라 까옹을 만나러 왔어요. 젖소 고양이 덕분에 살았다 하면서, 연어 츄르와 물고기 장난감을 한가득 사왔어요.

무슨 일이 있었기에.

까옹을 처음 본 날, 아파트 베란다에 서서 이런 생각을 하고 있었대요. 떨어지면 바로 죽어야 할 텐데,

혹여 살아나면 큰일이다. 베란다 문을 열고 방충망까지 열었을 때 누군가의 시선을 느꼈대요. 너무 강렬해서 움찔했다고 해요. 고개를 돌렸을 때 아파트 옆 야산의 커다란 느티나무에 앉아 있는 고양이를 발견했다죠. 꽤 먼 거리였는데도 고양이 수염과 눈동자까지 생생하게 보이더래요. 마치 사진에서 고양이만 확대한 것처럼. 까옹이 집을 나간 후 어떻게 그곳까지 갔는지 모르겠어요. 우리 집에서 삼사 킬로미터 떨어진 곳이었으니까. 저 고양이를 봐야겠다, 가까이에서 그 눈을 보아야겠다, 그런 생각이 들었대요. 무엇에 홀린 기분이었다고 표현했습니다. 그렇게 아파트를 나와 야산까지 올라갔죠. 까옹은 꼼짝 않고 나무 위에 앉아 있었고요. 이분이 다가가자 기다렸다는 듯 나무에서 내려와 적당한 간격을 두고 앉아서 식빵을 구웠답니다. 후훗, 식빵이요. 까옹을 보자 갑자기 울음이 터졌다고, 자신도 모르게 폭포 같은 눈물을 흘렸다고 해요. 아가, 미안하다, 미안해, 라는 말을 하면서. 그분에게는 초등학교에 다니는 딸이 있대요. 그 딸을 얻기 전에 아기를 잃었고요. 임신 8개월째인 아기였죠. 배 속에서 거의 다 자라 세상에 나와야 할 아기를 잃은 거죠. 한동안 잊고 지냈답니다. 자신에게 새로 온 아이에 집중하는 것이 살길이라 생각했겠죠. 아마도 무의식적으로 아기를 잃은 사실조차 지워버리려 했던 것 같아요. 그것을 기억하는 순간 뭔가 불길한 일이 또 일어날 것처럼 불안했을 테니까. 그렇게 잊어버린 줄 알았죠. 아이를 낳고 애지중지 키워 학교에 보내면서 아주 바쁜 날들이었기도 했고요. 그러다 눈부시게 화창한 날이면 왠지 우울해지고 자신이 뭔가 나쁜 짓을 저질렀다는 생각이 커져갔다고 했습니다. 초등학생 딸아이가 미술시간에 '행복한 우리집'이라는 제목의 그림을 그려온 날, 사랑하는 엄마라고 그린 얼굴을 검은색 크레파스로 북북 칠해버렸답니다. 정신을 차리고 보니 아이가 겁에 질려 울고 있고 자기 손과 옷은 온통 검은색으로 덕지덕지하고요. 미쳐가는구나, 라고 충격을 받았고 죽어야겠다, 라는 생각이 머리에서 떠나질 않았고요. 그때 베란다에서 그런 생각을 하고 있을 때 까옹을 보았고요. 그날부터 까옹과 산을 거닐었답니다. 고양이 사료를 사서 통에 담고 츄르와 물, 자기 점심을 챙겨서 말이죠. 까옹이 걸으면 자기도 걷고, 까옹이 앉으면 자기도 않고, 까옹이 숲으로 가면 그렇게 따라가고요. 세상에 없는 아기를 떠올리며 울었고 하혈을 별것 아닌 걸로 생각했던 자신을 미워했고. 그러는 동안 까옹은 자신을 가만히 바라보기도 하고 짐을 자기도 하고 나무를 부여잡고 뒷발팡팡고양이들이 장난감이나 인형을 부여잡고 누운 채 뒷발을 이용하여 팡팡 하고 쳐대는 행동. 야생동물의 사냥 기술 중 하나이며, 사냥에 성공한 기쁨을 표현하는 행동으로 알려져 있다을 하며 뒹굴거렸고요. 그렇게 며칠이 지난 뒤 이분은 처음으로 아기의 이름을 지었다고 해요. 새싹이. 이름을 짓고 나서 말했대요. 새싹아, 내 아기, 이제 너를 보내줄게. 내게 주어진 이 삶을 잘 살게. 어떤 인연으로든 다시 만나자. 네가 무엇으로든 내게 다시 올 때 나는 너를 알아볼 거야. 꼭 다시 나의 새싹이 되어주렴. 미안하다, 그리고 사랑한다. 그렇게 아가와 이별을 했습니다. 물론 그날이 까옹과도 마지막 만남이었고요.

나는 이수언 씨의 이야기를 들으며 버럭마고의 말을 떠올렸다. 위장과 기만은 삶을 좀먹어요. 영혼이 병들고 사람은 결국 아픕니다. 기억은 원래 태어난 곳으로 돌아가야 합니다…… 고양이와 함께 있는 것만으로 아카식 레코드의 기억을 되찾을 수 있다니, 그게 가능한 일일까.

왜 까옹이었을까요?

내가 물었다.

글쎄요, 우리가 알지 못하는 연관 관계가 있지 않을까요?

사람 눈에는 보이지 않는 그런 거요?

고양이는 예민하니까요.

까옹이 사라진 동안 드드는 저렇게 잠만 잤어요?

그때 휴대폰이 울렸다. 김말숙 씨였다. 영심이 있어요, 영심이 보여요, 라고 말했다. CCTV 관제센터에서 영상자료를 보내주었다는 말과 함께였다. 나는 즉시 가겠다고 대답했다. 서둘러 의자에서 일어서는 내게 이수언 씨가 말했다.

드드가 잠만 자는 건 아니에요.

다른 걸 하나요?

뭔가에 반응합니다.

현관문을 열다 말고 나는 뒤돌아섰다.

까옹이 집을 비운 사이 드드의 외출도 계속되었어요. 외출하고 돌아온 후면 드드의 상태가 변했어요.

아, 드드가 변하는군요.

그 전에도 어렴풋이 알고는 있었어요. 낯선 고양이가 우리 집에 왔다 간 뒤 드드는 평소와 조금 달라요. 잠을 잘 때 바르르 경련을 일으키고 식욕이 떨어지고요. 움직임이 최소화됩니다. 특히 눈동자가 드라마틱하게 변해요. 까옹이 실종되고 나서 닷새쯤 후였을 거예요. 그날 드드의 눈동자가 너무 특별하게 변해서 아직도 생생히 기억나요. 그동안 제가 보지 못한 광채가 나더라고요. 보시다시피 드드의 눈동자는 노랑에 가까운 오렌지색을 띠어요. 회색 털과 잘 어울리죠. 그런데 그날은 마치 불타는 듯 진홍빛을 띠었어요. 그런 건 처음 보았죠. 숲을 향해 계속 이상한 소리를 내고요. 골골송을 부르는 것도 아니고 하악질하는 것도 아닌, 하여간 뭔가 절규 같기도 하고 비명 같기도 했죠. 저 녀석에게 무슨 일이 벌어지는 건지 저는 알 수 없었죠. 몸 여기저기 살펴봐도 특별히 이상한 데가 없었고 안과 질환도 아니었거든요. 나중에 까옹을 찾아온 그분이 우리 집에 왔을 때 제가 물어봤습니다. 혹 녀석과 함께 다닐 때 험한 일이 일어나지 않았냐고요.

험한 일이요?

남편이 까옹을 해하려 한 적이 있었대요. 아내가 날마다 집을 나가 하루 종일 어딘지 모를 곳을 돌아다니니 걱정된 거죠. 하루는 아내를 뒤따라가 상황을 살폈답니다. 큼직한 고양이 한 마리가 아내 곁을 맴도는데, 아내가 고양이와 대화를 하지 않나, 울다가 웃다가 하질 않나, 남편 눈에는 미친 사람처럼 보였겠죠. 그게 다 까옹 때문이라 생각해서 까옹을 해치려 했다고. 남편이 제정신이 아니었다고 합니다.

그래서요?

까옹 때문이 아니란 걸 알고 무척 미안해했다고 해요. 녀석에게 백 번 천 번 사과를 했다고 합니다.

그런 아름다운 결말이, 아닐 수도 있었겠네요.

행하는 자가 위험에 처할 수도 있습니다, 라고 버럭마고는 말했었다. 쉬운 일이라고는 안 했습니다, 라는 말도. 까옹이 주인공인 동화 같은 이야기에서 남편이라는 사람의 예의 바른 사과가 아니라 폭력이 연상되는 건 뉴스를 너무 많이 봐서일까. 반려동물을 한낱 오래된 장롱이나 장난감처럼 대하는 인간들이 너무 많으니까. 그들은 동물이 감정을 갖고 있고 인간과 교

아카식 레코드

감할 줄 안다는 것과, 고통을 느끼지 않는 게 아니라 그저 묵묵히 견딘다는 걸 모른다. 나도 모르게 심각한 표정을 지은 모양인지 이수언 씨가 말했다.

고양이는 사람보다 빠릅니다. 그리고 영리하지요.

그래도 사람이 죽이자고 달려들 땐 제 몸 방어하기가 쉽지 않겠죠. 작고 연약하잖아요.

나는 영심을 떠올렸다. 연못의 잉어를 바라보다 손으로 조심스레 건드려보기만 할 뿐 잉어를 해하는 어떤 일도 하지 않았다는 김말숙 씨의 말도 떠올렸다.

어쨌든 그때 제가 할 수 있는 일은 드드가 원할 때 밥을 주고 화장실을 치우고, 만져달라 할 때 쓰다듬어주는 것뿐이었죠. 말해놓고 나니 세상의 모든 집사가 매일 하는 일일 뿐이지만.

애초 고양이 집사가 마음대로 할 수 있는 일이 별로 없지요.

얼마 동안 그러다가 드드의 눈동자가 원래 색깔로 돌아왔습니다. 그리고 그날 까옹이 집에 왔지요.

드드를 잘 살펴봐야겠군요. 그건 제가 할 수 없는 일이니 이수언 씨에게 부탁해야겠네요.

물론이죠.

드드에게 어떤 조짐이라도 보이면.

바로 연락할게요. 너무 걱정하지 마세요. 고양이는 우리 인간이 생각하는 것보다 훨씬 강합니다.

이수언 씨가 말했다. 나는 그가 진심으로 그렇게 생각한다는 걸 알았다. 그렇다면 강하다는 건 뭘까. 자신을 지키고 자신이 지키고 싶어 하는 사람을 지키는 것, 그런 거 아닐까. 나는 영심이 김말숙 씨가 생각하는 것보다, 내가 생각하는 것보다 훨씬 강하면 좋겠다고 바라면서 김말숙 씨의 집으로 향했다.

김말숙 씨는 흥분한 상태였다. 영심의 모습이 찍힌 장면을 반복재생하면서 자신의 하나뿐인 고양이의 이름을 불렀다. 관제센터에서 보내준 CCTV 영상은 화질이 좋지 않지만 호랑이 줄무늬를 가진 영심은 식별할 수 있었다. 영심의 몸을 감싼 푸른빛 액체 덩어리는 잘 보이지 않았다. 영심은 드드의 뒤를 따라 걷다가 어느 다세대주택 앞에서 멈추었다. 드드가 영심의 얼굴에 제 얼굴을 가져가 비벼댄 뒤 그루밍을 해주었다. 행하는 자가 모종의 임무를 수행하러 갈 때 지켜보는 자가 해주는 응원의 의례 같은 건가. 연우도 샴고양이가 이층집으로 들어설 때 드드가 그랬다고 했다. 영심은 혼자 주택 출입구로 들어갔다. 드드는 영심의 모습을 한참 동안 지켜보더니 몸을 돌려 왔던 길로 되돌아갔다.

김말숙 씨는 당장이라도 그 건물을 찾으러 나갈 기세였다. 나는 의뢰인을 진정시키고 담요와 케이지, 츄르와 물 등을 챙기게 했다. 시계를 보았다. 밤 9시 십분 전. 아주 늦은 시간은 아니어서 수색이 가능할 것 같았다. 김말숙 씨와 함께 차를 타고 CCTV가 설치된 곳으로 갔다. 그곳에서 조금 걸어 내려가니 영상에 나왔던 건물이 보였다. 소망빌라. 지하에서 4층까지 총 열 가구가 살고 있는 작고 오래된 건물이었다. 우리는 꼭대기 층인 4층부터 훑어 내려오기로 했다.

401호의 초인종을 누르자 남자아이가 문을 열었다. 나는 휴대폰으로 영심의 사진을 보여주며 본 적이 있냐고 물었다. 아이는 모르겠다고 말했고 아이의 뒤에서 고무장갑을 낀 여자가 나왔다. 나는 여자에게 다시 물었고 여자는 못 봤어요, 라고 짧게 말하고 문을 닫았다. 문 뒤에서, 아무한테나 문 열어주지 말라고 했잖아, 라는 여자의 날카로운 목소리가 들렸고 김말숙 씨가 한숨을 내쉬었다. 402호는 초인종에 응답이 없었다. 김말숙 씨가 준비해 간 종이를 현관문에 붙였다. 영심의 사진이 컬러로 인쇄된 전단지였다. **고양이를 찾습니다. 이름 영심, 품종 스코티시폴드, 특징 얼굴이 동그랗고 귀가 접혀 있으며 가로줄무늬가 있음. 이 고양이를 보호하고 있거나 본 적 있는 분은 꼭 연락주시기 바랍니다. 후사하겠습니다.**

3층과 2층의 네 가구를 탐문해봐도 특별한 건 없었다. 한 남자가 어제 빌라 옥상에서 고양이를 보았다고 하자 김말숙 씨가 영심의 사진을 보여주었다. 줄무늬가 없는 검은 고양이였다고 남자가 말하자 김말숙 씨가 다시 한숨을 쉬었다. 그렇게 소득 없는 탐문이 끝나고 계단을 내려올 즈음 지하에서 1층 계단으로 올라오는 노인과 마주쳤다. 나는 노인에게 휴대폰으로 사진을 보여주며 고양이를 보았냐고 물었다. 노인이 말했다.

괭이를 왜 찾소?

키우던 고양이라서요.

이 동네 발로 차이는 게 괭이인데 찾아보면 어디 있을 거요.

노인은 못마땅한 얼굴로 툭 던지고는 누구에게랄 것 없이 말을 쏟아내기 시작했다. 빌라 옆 전봇대에 쓰레기를 무단 투척하는 몰상식한 사람과 속이 꽉 차지 않은 쓰레기봉투에 자신의 쓰레기를 구겨 넣는 치사한 사람에 대해, 음식물을 따로 처리하지 않고 쓰레기봉투에 버리는 덜 배운 사람과 그 음식을 먹어보겠다고 봉투를 헤집어놓는 두통거리 길냥이에 대해 말했다. 노인은 불편한 심기를 드러내며 화를 냈고 욕을 했다.

고양이도 먹고 살아야지요.

김말숙 씨가 말했다. 노인의 화를 돋운 모양이었다.

괭이들이 어지럽힌 음식 냄새가 얼마나 지독한지 알기나 하오? 요 창문 바로 아래가 내 집인데 김치며 고기며 썩는 냄새가 가시질 않소.

따로 밥을 챙겨주면 그런 음식 안 먹을 거예요. 사료를 놔주면 되잖아요. 물도 챙겨주고요.

김말숙 씨도 물러서지 않았다. 나는 김말숙 씨에게 손을 들어 보였다. 지금 동네 주민과 시시비비를 가려 얻을 수 있는 게 별로 없을 것 같았다. 영심을 찾기 위해 우리는 아주 작은 단서나 도움이라도 놓쳐서는 안 되는 상황이었다. 그깟 짐승이 뭐라고. 노인이 목소리를 높였다. 나는 고개를 끄덕이며 알았다는 시능을 하며 노인의 팔을 잡아끌었다.

죄송합니다. 나쁜 뜻은 아니에요.

저기 음식 널려 있는 걸 보고도 그런 소릴 하오?

어르신, 진정하시고요. 동물도 함께 살면 정이 들잖아요. 정든 동물이 없어졌으니 심란해서 그래요. 이해해주세요.

허, 참. 그래, 어디 꽹이 사진이나 한번 봅시다.

여기요.

줄무늬가 있구면. 댁들이 찾는 꽹이인 것도 같고.

보셨어요?

언뜻 보기는 했지. 하도 요상한 울음소리가 들려서 쫓아갔지.

어디로요?

어디긴 어디야, 앞집이지. 내가 지하 1호고 그 집이 2호. 그 아가씨 이사 온 지 넉 달 됐나? 올 때는 꽹이가 없었거든. 근데 요새 며칠 꽹이 울음소리가 계속 나서 이상하다 했지.

다른 집과 헷갈리신 건 아니고요?

소망빌라에서 괭이 키우는 집은 없소. 전에 살던 두 아가씨가 키우다가 이사 갔고. 냥이 울음소리가 그리 크게 날 일은 없지. 길에 사는 것들도 그렇게 우는 놈은 없었다니까. 울음소리가 하도 구슬프게 들리기에 내가 나와서 들어볼 정도였소. 앞집에서 난 게 분명했거든. 아가씨 목소리가 간간이 들리고 괭이도 니옹니옹하고. 그러다 하염없이 구슬피 울고. 새벽까지 그러고 있더라니까. 늙으면 잠귀가 밝아져 큰일이지 뭐요.

그래서 그 집에 들어가보신 거네요?

들어간 건 아니고 현관 앞에서 아가씨와 잠깐 이야기했지. 힐끗 봤더니 식탁 위에 괭이가 앉아 있더구먼. 사람 밥 먹는 데 털 달린 짐승이 오르내리게 놔두는 게 영 찜찜하지 않소? 하여간 마음 안 상하게 좋게 타일렀지. 나 그렇게 무식한 노인네 아니라오.

혹시 2호의 그분 전화번호 아세요?

그런 거 주고받는 사이는 아니고. 같은 빌라 살아도 인사하는 사람은 거의 없소.

우리의 대화를 듣고 있었던지 김말숙 씨는 이미 지하 2호의 초인종을 누르고 있었다. 두세 번 눌렀으나 대답이 없었다. 김말숙 씨는 현관문을 두드리며 영심아, 영심아, 하고 불렀다. 그 소리가 계단을 타고 빌라 전체에 크게 울렸다. 나는 김말숙 씨를 진정시키며 말했다.

집에 아무도 없나 봐요. 잠깐 기다려봐요.

김말숙 씨와 나는 소망빌라 주변을 여기저기 다니면서 단서가 될 만한 게 있는지 살폈다. 노인은 집에 들어가는 대신, 돌아갈 곳 없는 거리의 고양이처럼 우리 옆을 서성거렸다. 그사이 노인의 입에서는 이야기가 쉬지 않고 흘러나왔다. 저 아래 혼자 사는 여든일곱 살 노인이 괭이를 키웠는데 노인이 죽어버렸다, 살아생전 들여다보지도 않던 자식들이 아버지 죽었다니 뭐 남긴 거 없나 눈이 벌개갖고 살림을 뒤지는데 그 양반이 뭐가 있겠나, 다 버릴 것투성이지, 그래, 자식들이 빈손 털고 가버리고 괭이만 혼자 남았는데, 글쎄 그 요망한 것이 그 빈집에서 떠나질 않더니 이웃들이 밥을 챙겨줘도 안 먹어, 참치 캔을 뜯어줘도 안 먹어, 물도 안 먹어, 그러고 죽어버렸다, 그

거 보니 짐승도 함께 산 정은 있나 보다 해서 마음이 좋질 않았다, 요 위 복순 할매네 집에 배부른 괭이가 들어오더니 새끼를 여덟 마리나 낳았다, 두 마리는 죽고 여섯 마리가 살아남았는데 그것들 건사하느라 안 그래도 거동 불편한 복순 할매가 애를 먹었다, 그런데 어째 얼굴은 더 환해졌더라, 괭이 키우면 젊어지는 모양이라고 근처 할매들이 새끼 한 마리씩 다 데려갔다, 우리 빌라 302호에 두 아가씨가 괭이를 키우며 살았는데 이사 갈 때 서로 데려간다고 싸우고 난리였다, 여자 둘이었는데 꼭 부부처럼 사이좋게 괭이를 키우더니 헤어질 때도 이혼하는 부부처럼 괭이를 두고 싸우는데, 고놈은 가방 안에서 눈이 휘둥그레지고 코가 빨개져 있는 걸 보니 또 짠하더라, 지하 2호에 사는 이는 이사 올 때부터 어째 낯빛이 어두웠는데 사람인지 유령인지 그림자인지 모르겠더라, 그래도 살아는 있는지 저쪽 창문으로 보면 빨래는 걸려 있고 가끔 김치찌개 냄새도 나고 하던데, 요새는 그마저도 안 하는지 휑하더라……

나는 동네 고양이의 소식을 모조리 읊고 있는 노인을 보며 저 정도면 고양이를 싫어하는 게 아니라 어쩌면 매우 좋아하는 사람이 아닐까 생각했다. 쓰레기봉투를 뒤져 음식을 헤쳐놓는 짓만 하지 않는다면 고양이에게 저 노인은 아주 훌륭한 집사가 될 수 있을 것이다. 1층 계단 앞에 설치된 우편함을 뒤지며 나는 그런 생각을 했다. 지하 2호 거주자의 이름은 김지희. 여러 우편물에서 그 이름을 확인할 수 있었다. 혹여 봉투에 연락처가 기재되어 있나 싶어 꼼꼼히 살펴보았지만 찾을 수 없었다. 급기야 나는 우편물 몇 개를 뜯어보고야 말았다. 내가 아는 정보 외에 다른 건 얻을 수 없었지만.

지하 2호의 창문 옆은 주차장으로 설계된 공간이었는데 빨래건조대와 화분, 버리려고 둔 책장 등이 있었다. 조심스럽게 창문을 열어보았다. 기대하지 않았는데 창문이 열렸다. 창문을 조금 더 열고 내부를 들여다보았다. 도둑과 탐정은 같은 업종일지 모른다고 한 게 어제였다. 물론 지금 그게 중요한 건 아니라고 생각하면서 나는 창문 너머를 들여다봤다. 침대와 행거, 책상 등이 보였다. 책상에 담요가 깔려 있었고 무언가의 체중에 눌린 듯 동그랗게 꺼져 있었다. 아마 영심이 이 집에 왔다면 저 담요 위에 앉아 있었으리라는 생각이 들었다. 나는 혹시 몰라 야옹, 소리를 내보았다. 뒤쪽 빌라에서 니아옹, 하고 응답하는 소리가 들렸다. 후다닥 뛰어가는 녀석은 검은 고양이였다. 영심은 집 안 어딘가에 숨어 있는 것일까. 아니면 여자와 함께 나간 것일까. 시계를 보았다. 밤 11시가 가까워지고 있었다. 지하 2호의 거주자를 계속 기다릴지 아니면 철수했다가 내일 다시 올지 결정해야 했다. 그때 휴대폰이 울렸다. 이수언 씨였다. 나는 자리에서 일어나 구석진 곳으로 가서 전화를 받았다.

드드가 몸부림을 칩니다.

이수언 씨가 긴장된 목소리로 말했다.

자고 있는 줄 알았는데 아니었어요. 경련을 일으키는 듯 팔다리가 떨리고 제가 다가가자 하악질까지 해요. 눈동자가 다시 진홍색이 되었어요.

영심에게 험한 일이 일어나는 걸까요?

아마도요. 드드가 위험을 감지한 것 같습니다. 평소와 너무 달라요.

알겠습니다.

제가 도울 일 있다면 연락 주세요.

일단 드드를 계속 살펴주세요. 도움이 필요하면 부

를게요.

나는 방충망을 뜯어 지하 2호 안으로 들어가고 싶은 충동을 애써 참았다. 드드가 역변을 했으니 영심에게 무슨 일이 벌어지고 있는 게 분명했다. 김말숙 씨는 계단을 오르내리고 빌라 주변을 돌면서 영심아, 하고 조용히 부르고 있었다. 나는 영심, 그러니까 지하 2호의 김지희 씨를 찾을 방법을 생각해내야 했다. 노인에게 물었다.

어르신, 이게 한 생명이 달린 일이라서 도움을 주셔야겠습니다.

나 같은 노인네가 뭘?

소망빌라 주인 전화번호 알고 계시죠?

그건 여기 저장되어 있소.

나는 노인이 휴대폰을 뒤적거려 전화번호를 찾는 걸 초조하게 기다렸다. 노인이 건넨 번호로 전화를 걸었다. 늦은 밤에 전화하는 민폐를 끼치는 건 어쩔 수 없었다. 남자가 자다 깬 목소리로 전화를 받았다. 나는 소망빌라 지하 2호의 김지희 씨를 찾고 있으며, 중요한 볼일이 있어 전화번호를 알아야 한다고 말했다. 나의 다급함이 전달되었는지 남자는 밤늦은 전화를 타박하면서도 전화번호를 가르쳐주었다. 이제 된 건가, 싶었지만 김지희 씨는 전화를 받지 않았다. 세 번째 전화를 걸고 난 뒤 나는 문자메시지를 남겼다. 기댈 곳은 노인밖에 없었다.

지하 2호에 사시는 분에 대해 뭐라도 좋으니 알고 계신 걸 말씀해주세요. 그분 찾는 게 급하거든요.

내가 초조하게 전화를 걸어대는 걸 지켜보고 있던 김말숙 씨가 물었다.

영심에게 무슨 일 있는 거죠? 그렇죠, 탐정님?

탐정이라고? 경찰이여? 왜 또 왔어? 지난번에도 다녀갔구먼.

언제요?

그게 아마 지난달이었지. 한밤중에 삐뽀 소리가 들려서 내가 여간 놀란 게 아니라우.

저는 경찰 아닙니다. 어르신 번거롭게 할 일 없으니까 걱정 마시고요. 지하 2호에 사시는 분에 대해 뭐든 말씀해주세요.

글쎄, 뭐 도움이 될지 모르겠는데. 아가씨한테 찾아오는 남자가 있소. 훤칠하고 말끔한 청년이어서 처음에는 좋게 봤는데, 그 청년이 오는 날에 아가씨 낯빛이 영 좋질 않았지. 가끔 큰 소리도 나는 것 같고 뭐 집어 던지는 소리도 나고. 돈을 주네 마네 뭐 그런 이야기도 들렸고. 경찰이 온 것도 그 사람 때문이지 싶어. 그 아가씨가 아침에 출근했다 저녁에 퇴근하니 어디 직장을 다니는 모양인데 돈을 많이 벌면 이런 동네에 살지는 않을 테고 말야. 사정 빤할 텐데 돈을 달라 하니 남자에게 빚을 졌나 생각했지. 자세한 사정은 내 모르고. 어제 저녁에도 그 청년이 찾아와서 잠깐 있다 갔소. 요 세탁소 앞에 차를 주차해놔서 세탁소 장 씨가 누가 차를 여기다 댔냐고, 빨리 차 빼라고 화를 내며 전화 걸고 난리가 났으니까. 이런 동네는 주차 때문에 늘 말썽이라오.

전화를 했다고요, 그 남자에게?

그 남자가 욕을 하면서 차를 뺐지. 큰 싸움 날 뻔했는데 장 씨가 참았소. 그리고 지하 2호 아가씨를 태우고 가더라고. 아가씨가 나갈 때 냐옹 소리도 나는 거 보니 그 괭이도 함께 간 모양이었소.

어디로 갔는지는 모르시죠?

내가 그걸 어찌 알겠소.

장 씨라는 분은 어디 사시나요?

어디긴 어디야, 저기 일등세탁소 2층이지. 그 자리에서 30년 세탁소를 하더니 건물을 사버렸소. 사람이 성실하면 살 구멍은 있는 법이지.

나는 시계를 보았다. 11시 20분이었다. 실례를 무릅쓸 수밖에 없었다. 노인에게 감사의 인사를 한 뒤 일등세탁소라는 간판이 달린 건물 2층으로 통하는 계단을 올랐다. 김말숙 씨가 뒤를 따랐다. 초인종이 없어 문을 두드리는 수밖에 없었다. 문은 열리지 않고 집 안에서 누구세요, 라는 중년 여자의 목소리가 들렸다. 저기, 하고 내가 망설이는 사이 김말숙 씨가 말했다.

선생님, 제발 도와주세요, 우리 영심이 좀 살려주세요.

여보, 하는 소리가 들리고 얼마 지나지 않아 문이 열렸다. 이제 막 씻었는지 젖은 머리에 수건을 든 중년 남자가 서 있었다.

실례라는 것 잘 알지만 너무 급한 일이라서요. 전화번호 하나면 됩니다. 번거롭게 해드리지 않겠습니다. 전화번호 하나만 주시면 됩니다.

남자는 수상한 사람을 쳐다보는 눈빛이었다. 당연

했다. 나는 최대한 공손하게 다시 한번 부탁했다. 그 때 우리 뒤에서 노인의 목소리가 들렸다.

장 씨, 어제 저녁에 가게 앞에 차 댄 남자 있잖소. 그 남자한테 전화 걸었으니 번호가 남았을 거 아니오. 이분들이 좀 급한 일이라 하니 도와주면 어떻겠소.

장 씨가 노인을 보고 인사를 했다.

아, 어르신 아는 분이었구면요, 잠깐만요, 휴대폰이.

장 씨가 번호를 넘겼다. 나는 고마워서 눈물이 날 뻔했다.

꼭 한번 찾아뵙겠습니다, 정말 감사합니다, 어르신.

손을 잡고 인사하는 김말숙 씨에게 노인이 말했다.

사람이건 짐승이건 정들면 그게 가족이지 뭐겠소? 영심인지 동심인지 꼭 찾았으면 싶구면.

나와 김말숙 씨는 편의점에 들러 생수를 산 뒤 차로 돌아왔다. 단숨에 생수 한 병을 벌컥 들이켰다. 휴대폰을 열었다. 심호흡을 하며 생각했다. 고양이 운운한다고 해서 김지희 씨의 남자친구라는 사람이 움직일 것 같지 않았다. 어떤 이유가 좋을까. 집에 도둑이 들었다? 집에 불이 났다?

돈 갚겠다고 하세요.

김말숙 씨가 말했다.

네?

꿔간 돈 갚겠다고, 집주인 연락이 안 되어 전화한다고요.

아, 그게 먹힐까요?

공돈 싫어하는 사람 못 봤어요. 너무 많으면 보이스피싱인 줄 알고 너무 적으면 만나는 수고를 하지 않을 테니 적당한 액수로 해요. 김지희 씨가 꿔줄 만한 액수에 거절하기는 아까운 정도로.

김말숙 씨의 말은 그럴 듯했다. 정신 나간 사람처럼 영심을 부를 때와 달라져 있었다. 영심을 찾을 실마리가 생긴 덕분일까. 기운을 회복하는 의뢰인을 보자 나도 힘을 내야겠다고 생각했다.

그게 얼만데요?

300만 원.

그 정도면 보이스피싱이 아닌 줄은 알겠어요. 그런데 만나줄까요? 오늘?

오늘 꼭 봐야 하는 이유를 대세요.

이민 갑니다?

이사 갑니다.

이체해달라면요?

꼭 만나야 한다고 해요. 아, 영수증을 받아야 한다고 하세요.

좋습니다. 그런데 만나줄까요?

연락 올 겁니다. 전화해요, 빨리. 떨지 말고 쫄지 말고요.

안 쫄았어요.

알아요, 탐정님만 믿어요.

나는 남자에게 할 말을 정리했다. 중간 중간 김말숙 씨가 더 좋은 말을 골라주었다. 이 정도면 될 것 같았다. 번호를 눌렀다. 연결음이 열다섯 번 울릴 때까지 남자는 전화를 받지 않았다. 나는 남자에게 할 말을 문자메시지로 보냈다. **소망빌라 김지희 씨 지인이시죠? 갑자기 연락드려 죄송합니다. 제가 김지희 씨한테 300만 원 갚을 돈이 있어요. 김지희 씨와 연락이 닿지 않아서요. 혹 김지희 씨와 연락 된다면 이 번호로 전화 부탁드립니다. 제가 급히 타 지역으로 떠나야 해서 오늘 밤 꼭 연락 주시면 감사하겠습니다.**

이제 기다리는 일만 남았다. 남자가 어서 문자를 확인하길, 300만 원에 혹하는 사람이길 빌었다. 우리는 말없이 물을 마셨다. 시계가 자정을 가리킬 때 휴대폰이 울렸다. 나는 김말숙 씨를 바라보았다. 김말숙 씨가 고개를 끄덕였다. 통화 아이콘을 눌렀다. 여보세요.

2801 전화번호로 문자메시지가 와서요. 누구시죠?

젊은 남자의 목소리였다. 약간 거드름이 풍기는 말투에서 나는 그와 함께 있는 이의 안전을 걱정했다.

제가 보냈습니다. 김지희 씨 지인이시죠?

남자친구인데요.

지금 김지희 씨와 함께 있나요?

그렇긴 합니다.

바꿔주실 수 있나요?

그럴 수 없습니다. 우리 지희에게 말했으니까 제 계좌로 송금하면 됩니다.

김지희 씨에게 직접 드려야 합니다. 돈을 갚았다는 영수증도 받아야 하고요.

전화기 너머에서 야옹, 하는 소리가 들렸고 이 새끼, 하는 남자의 목소리가 들렸다. 나는 어깨가 움츠러드는 것을 느꼈다. 잠시 정적이 흐른 뒤 남자가 말했다.

다시 연락할게요.

뚝. 전화가 끊겼다. 김말숙 씨가 내 어깨를 잡았다.

전화 다시 올 겁니다. 남자와 만날 준비를 해야겠어요.

나는 직감적으로 전화가 다시 올 거라 생각했다. 문자메시지에 반응하는 이라면 그 반응의 목적을 달성하고자 할 것이다. 나는 편의점으로 가 24시간 현금지급기에서 통장의 돈을 인출했다. 생수와 핫바를 계산하고 차로 돌아왔을 때 전화가 왔다.

문자메시지 보냈으니까 그리로 와요.

네, 알겠습니다.

행여 딴짓하면 곤란합니다. 피차 번거로운 일 일어나지 않게요, 알죠?

그런 게 있을 리 있나요. 제게는 무척 고마운 분인데요. 김지희 씨도 함께 오는 거죠?

같이 있다고요.

남자가 티 나게 짜증을 냈다.

그럼 이따 뵙겠습니다.

나는 최대한 평정심을 잃지 않으려 애쓰며 통화를 마쳤다. 남자가 보내온 메시지는 간단했다. **버들강 둘**

레길 출렁다리 쉼터. 오래 안 기다립니다.

허, 이 어두운 밤에 강변의 둘레길 쉼터에서 보자고? 나는 문자메시지를 김말숙 씨에게 보여주고 이수언 씨에게 전화를 걸었다. 남자가 만나자고 한 장소를 알려주며 그리로 와주면 좋겠다고 부탁했다. 지하 1호 노인의 말이나 방금의 짧은 통화로 비추어봤을 때 김지희 씨의 남자친구라는 이가 어떻게 나올지 알 수 없었다. 어떤 상황이든 김말숙 씨와 나 두 사람의 힘으로 버거울 수 있었다. 이수언 씨는 흔쾌히 승낙했다. 나는 그가 믿을 만한 사람인지 의심을 품었다는 사실에 미안해졌다. 역시 실전에는 예기치 못한 변수가 생기기 마련이다. 이수언 씨와 통화를 끝내고 나자 김말숙 씨가 물었다. 몽둥이 같은 걸 살까요. 좋은 생각이에요, 라고 말하며 나는 다시 이수언 씨에게 전화를 걸었다. 골프채나 야구방망이 있나요? 이미 챙겼어요, 라고 이수언 씨가 대답했다. 어떻게 그걸 미리 챙길 수 있는지. 지켜보는 자, 드드의 집사라서 그런가? 어쨌건 이 밤에 몽둥이 비슷한 걸 사기 위해 이 가게 저 가게를 기웃거리지 않아도 되어 다행이었다.

나는 남자가 말한 곳을 검색해서 지도를 살펴보기 시작했다. 버들강은 도시를 경계 지으며 북쪽에서 남쪽으로 흐르는 강이었다. 버들강변을 따라 산책로가 조성되었고 강 하구에 출렁다리가 개설되었다는 것도 들어서 알고 있었다. 다리를 개통한 지 얼마 되지 않아 추락인지 자살인지 알 수 없는 사고가 일어나 안전장치를 보강했다는 뉴스도 본 것 같았다. 강변과 산길을 번갈아 오르내리는 둘레길은 총 5.7킬로미터에 이르고 있었고 출렁다리는 산길에서 강변으로 내려오는 마지막 코스에 있었다. 소망빌라에서 출발하면 자동차로 40분이 소요되는 거리였다. 이 밤에 강을 따라 걷기 운동을 하는 건 아닐 테고, 남자와 김지희 씨는 왜 거기 있는 걸까.

나는 출렁다리 위에서 남자와 대면하는 장면을 상상하기 시작했다. 밤은 어둡고 출렁다리는 출렁거릴 테고 남자는 호의적이지 않을 텐데……? 갑자기 이 모든 걸 내가 감당할 수 있을지 강렬한 의문이 고개를 쳐들었다. 저렇게 툭하면 짜증을 내고 욕하는 사람은 툭하면 때릴 가능성도 클 테지. 저런 사람을 이 밤중에 만나 영심을 구출하고 김지희 씨의 안전을 살펴야 한다. 여기까지 생각하다가 나는 휴, 하고 한숨을 내쉬었다. 고양이를 찾는 사람이 고양이뿐 아니라 만난 적 없는 이의 안전까지 책임져야 하는 상황이 발생했다. 어쩌자고 이런 상황이? 왜 내게 이런 상황이? 나는 고양이탐정일 뿐이고 영심이라는 고양이를 추적하고 있을 뿐인데 왜 내게? 나는 이대로 집으로 가서 침대에 드러누워 몽몽의 부드러운 털을 만지며 잠들고 싶은 강렬한 욕망을 느꼈다. 너무 피곤했고 앞으로 닥칠 일이 버거웠다. 그리고 급격하게 졸음이 쏟아졌다. 잠깐 졸고 났더니 모든 상황이 끝나 있더라, 라고 말할 수 있다면 얼마나 좋을까. 그러나 나는 졸지 않았고 상황은 진행 중이었다.

그때 어둡고 긴박한 분위기를 가르며 전화가 울렸다. 이렇게 절묘한 타이밍에 나와 접속하려는 이가 누구일까. 버럭마고였다. 이 밤에 깨어 있는 사람이 의외로 많다는 사실이 묘하게 위로가 되었다. 전화를 받자마자 버럭마고는 긴 이야기를 빠르게 쏟아냈다.

어제 만난 뒤 아무래도 신경이 쓰여서요. 당신이 구해야 하는 게 단지 고양이만은 아닐 겁니다. 아니, 단지 고양이라 해도 그 고양이는 그냥 고양이가 아니죠. 당신이 그 일을 해낼 수 있는지 의심하지 않아요. 어제 타로는 더 이상 명쾌할 수 없을 정도로 확실한 답을 줬고 저는 그 답을 믿으니까요. 다만 수줍어하면서도 단단한 내면을 가진 고양이탐정이 나아가는 길에 어떤 조언이 필요할까 카드에게 물어봤어요. 행하는 자가 위험에 처할 수 있으니까요. 방금 전, 단 한 장의 카드를 뽑았답니다.

버럭마고가 뽑은 단 한 장의 카드, 그것이 말해주는 이야기. 정신이 번쩍 들었다. 버럭마고가 말을 이었다.

뉴문이 떴습니다, 전갈자리에.

전갈이요?

새로운 존재로 태어날 시간입니다. 낯선 장소에서 새로운 감정을 느끼며 익숙하지 않은 결정을 내리게 될 겁니다. 사실 우리는 매 순간 새로운 존재로 태어나고 있지요. 이 우주는 똑같았던 적이 단 한 번도 없으니까요. 오늘 당신은 영원히 변화하는 우주의 법칙 속에서 진정한 당신을 만날 겁니다. 순수하고 강렬한 에너지입니다. 당신 내면에서 솟아오르는 느낌에 집중하세요. 필요하면 단호히 끊어내는 것도 감행해야 한답니다. 지금 당장은 두렵고 고통스러울지라도 성장을 위해 꼭 거쳐야 하는 일임을 알게 될 것이고요. 그런데요, 제가 카드를 집는 순간, 어떤 이미지가 떠올랐습니다.

그게 뭔데요?

당신의 모습에 어떤 사람이 겹치는 환상이었습니다. 당신의 단호함이 누군가의 단호함으로 연결되고, 당신의 선택이 누군가의 삶에 큰 파장을 일으킬 겁니다. 당신이 믿건 믿지 않건 일은 그렇게 흘러갈 겁니다. 당신을 위해 기도할게요.

내가 뭐라 말하기도 전에 버럭마고는 전화를 끊었다. 수신자의 위치에서 우주의 메시지를 송출 받으라는 듯 버럭마고는 그렇게 이야기를 들려준 채 접속을 해제했다. 내가 단호히 끊어내야 하는 게 무엇인지 나는 알지 못했다. 그러나 그것과 직면해야 하는 순간이 다가온다는 건 어렴풋이 예감하고 있었다. 쉽지 않으리라는 것도, 몸이든 마음이든 다칠 수 있다는 것도. 나를 위해 기도하겠다는, 내가 흠모하는 사람의 말은 이 밤의 공기를 바꿔놓았다. 졸음과 피곤으로 흐릿해지는 대신 나는 내게 올 그것들을 기꺼이 기다리기로 했다. 영심을 찾기 시작할 때와 달리 나는 내가 조금 의연해졌다는 걸 깨달았다.

　나는 차에 시동을 걸고 운전에 집중했다. 버들강이라는 낯선 장소를 찾아 차를 몰았다. 30분쯤 달리자 버들강 둘레길을 안내하는 표지판이 보였다. 도로 양옆으로 버들산이 솟아 있고 그 아래로 달빛을 받은 강물이 은빛으로 빛나며 흘러가고 있었다. 아름다운 광경이었지만 마음 놓고 감상할 시간은 없었다. 출렁다리까지는 주차장에 차를 대고 산길을 걸어가야 했다. 나는 차의 시동을 끄고 이수언 씨를 기다렸다. 잠시 뒤 차 한 대가 조용히 주차장에 들어오더니 내 차 옆에 주차했다. 이수언 씨가 차에서 내려 배낭을 짊어지고 내게 다가왔다. 나와 김말숙 씨는 차에서 내려 그를 맞았다. 방망이를 찾는 내 시선을 눈치챘는지 이수언 씨가 접을 수 있는 호신용 방망이가 배낭에 있으니 안심하라고 말했다. 드드 집사시죠, 와주셔서 정말 감사합니다, 잘 부탁드립니다, 라고 김말숙 씨가 감동한 표정으로 인사했다. 늦지 않아 다행입니다, 이제 영심을 구하러 가죠, 라고 바르고 단정한 얼굴로 이수언 씨가 말했다. 두 사람의 얼굴을 보며 나도 가방을 맸다. 때론 그렇게 나아가기도 하는 것이다. 나의 두려움보다 내 옆 사람의 간절함이 커서, 도망치고 싶은 내 마음보다 의연히 직면하려는 내 옆 사람의 마음이 든든해서 그렇게 나아가기도 하는 것이다.

행하는 자

한밤중의 둘레길은 적막했다. 간간이 산새소리와 바람에 나뭇잎 흔들리는 소리가 들렸다. 이곳으로 오는 동안 이수언 씨는 버들강 둘레길의 지도를 탐색해 출렁다리 뒤편으로 연결된 샛길을 찾아냈다고 말했다. 나와 김말숙 씨가 남자를 만나는 동안 이수언 씨는 뒤편 어딘가에 숨어 상황을 지켜보기로 했다. 이수언 씨가 모습을 드러내야 한다면 상황은 꽤나 심각해진 뒤일 것이다. 우리는 그런 일이 발생하지 않기를 바랐다.

이수언 씨가 먼저 산길을 오르기 시작했다. 손전

등도 켜지 않았다. 자신의 존재를 남자가 눈치채서는 안 된다는 이유에서였다. 위험에 대비해 존재감 없이 존재해야 하는 사람의 역할을 자처한 그를 보며, 나는 오늘밤 일을 무사히 마치면 그에게 비싸고 맛있는 밥을 꼭 사주어야겠다고 생각했다. 주차장에서 출렁다리는 약 400미터 거리의 산길을 걸어가야 했다. 나는 김말숙 씨에게 손전등을 건네며 주의를 주었다. 절대 단독으로 행동하지 말 것, 흥분하지 말 것, 그럴수록 영심이 위험해진다는 것을 명심할 것. 그건 나 자신에게도 하는 말이었다. 탐정 일을 시작한 지 3년, 고양이와 집사가 처한 다양한 상황 속에서 일을 해봤지만, 이렇게 관련자 모두가 위험해질 수 있는 상황과 맞닥뜨린 건 처음이었다. 잘할게요, 우리 영심이 무사히 돌아올 수 있게만 해주세요. 김말숙 씨의 간절한 염원은 내 것이기도 했다. 우리는 가느다란 불빛에 의지해 걷기 시작했다.

드디어 출렁다리라는 표지판이 보였다. 주변에 가로등이 켜져 있어 칠흑은 아니었다. 쉼터는 건너편에 있었으므로 우리는 출렁다리를 건너야 했다. 다리는 강이 가로질러 흐르는 협곡을 이어주고 있었는데 협곡 양편에 버드나무를 형상화한 주탑을 세우고 두 꺼운 밧줄로 다리의 위아래를 연결하고 있었다. 다리 길이는 100미터쯤 될 듯싶었는데 강으로부터의 높이 가 그다지 높진 않았지만 어쨌든 공중에 걸쳐 있었기 때문에 이 밤에 다리를 건넌다는 건 꽤 신경 쓰이는 일이었다. 김말숙 씨는 고소공포증이 있다는 사실을 다리 위에서 고백했고, 죽더라도 영심을 찾다가 죽겠 다며 내 손을 잡았다. 정작 다리를 건너기 시작하자 김말숙 씨는 용감해졌고 나는 소심해졌다. 은빛의 강 물을 바라볼수록 거기로 빨려 들어가는 것 같았고 내 몸이 강물의 부름에 응답하는 느낌마저 들어 나는 그 만 주저앉고 말았다. 털썩 하는 움직임에 출렁다리가 휘청거렸고 내 마음의 출렁거림도 심해졌다. 아래를 쳐다보지 마세요, 내 뒤통수만 보세요, 라고 앞서가 던 김말숙 씨가 다급하게 말했다. 나는 귀가 접힌 통 통한 고양이를 생각하며 일어섰다. 내가 찾아야 하는 고양이가 저 너머에 있는 것이다.

그렇게 출렁다리를 건너자 강을 조망할 수 있는 쉼터가 나왔다. 네모난 돌 의자가 놓인 한편으로 망 원경이 보이고 그 너머에 산으로 이어지는 듯 작은 오솔길이 나 있었다. 나는 후들거리는 마음을 진정시키며 이 밤에 경치를 구경하러 온 사람처럼 망원경에 눈을 갖다 댔다. 김말숙 씨도 나를 따라 망원경을 들여다보았다. 망원경을 좌우로 돌리고 아래로 내리면서, 보이는 거라곤 어둠과 적막뿐인 이곳을 살폈다. 슬쩍 눈을 떼고 주위를 바라볼 때 저 너머 정자에 누군가 있다는 것을 알아챘다. 나는 김말숙 씨의 팔을 건드리며 신호를 보냈다.

한 사람은 앉아 있었고 한 사람은 서 있었다. 우리가 만나야 할 사람들이라는 걸 직감했다. 영심은 어디 있을까. 케이지나 가방에 있는 걸까, 아니면 여기가 아닌 다른 곳에……? 나는 눈짓으로 움직이자는 신호를 보냈다. 내가 한 걸음 떼자 김말숙 씨가 내 뒤를 따랐다. 정자 옆에 가로등이 켜져 있었지만 안심할 정도로 환한 빛은 아니었다. 서 있는 사람은 남자였다. 말을 나눌 수 있을 정도로 가까워졌을 때 내가 말했다.

김지희 씨를 만나러 왔습니다.

보통의 말투였으면 싶었지만 마음대로 되고 있는지 알 수 없었다. 나는 이 밤에 둘레길을 걷거나 경치를 구경하러 온 사람이 아니라, 빌린 돈을 갚는 것 말고 다른 뜻이 없는 사람처럼 굴어야 했다. 그런 사람이 평소 어떻게 말하고 행동하는지 알 리 없었다. 돈을 빌려본 적 없고 갚아본 적 없는 게 나란 사람이니까.

남자가 몸을 돌리고 허리를 세워 내 얼굴을 바라보았다. 아마도 출렁다리를 건너는 우리를 쭉 주시하고 있었을 것이다. 지하 1호 노인이 말한 대로 남자는 호감형 얼굴에 말쑥한 옷차림을 하고 있었다. 남자의 욕설을 듣기 전까지 누구라도 호의를 가질 것이다, 라고 나는 생각했다.

주실 거 먼저 주시죠.

아, 돈은 여기 있어요. 그 전에 먼저 김지희 씨에게 인사드리고 싶네요.

나는 여자를 바라보았다. 여자는 팔짱을 낀 것처럼 두 팔을 가슴에 모은 채 앉아 있었다.

김지희 씨, 급할 때 도와주셔서 정말 감사합니다.

여자의 몸은 미세하게 떨리고 있었는데 여자가 입은 원피스는 밤의 한기를 막아주기에 너무 얇아 보였다. 여자가 천천히 그리고 조심스럽게 나와 눈을 맞췄다. 그 눈과 마주치는 순간, 나는 버럭마고의 말을 떠올렸다. 당신의 단호함이 누군가의 단호함으로 연결되고, 당신의 선택이 누군가의 삶에 큰 파장을 일으킬 겁니다. 여자의 눈동자는 상처 입은 산짐승처럼 겁에 질려 있었다. 가로등이 밝히지 못한 어둠 속에서도 나는 그것을 알아볼 수 있었다. 아무도 없는 산속에서 올무에 걸려 옴짝달싹하지 못한 채 추위와 배고픔을 견디는 고라니가 생각났다. 살기 위해 발버둥 칠수록 발목을 자를 것처럼 올무는 죄어오는데 자신이 위험에 빠졌다는 것을 세상 누구도 알지 못하는 가엾고 외로운 생물체. 나는 내 마음을 전하고 싶었다. 당신이 위험하다는 걸 내가 알았으니 이제 당신은 혼자가 아니에요. 내가 할 수 있는 모든 걸 다 할 겁니다. 그러니 조금만 더 버텨줄래요. 의심과 간절함 사이에서 흔들리는 여자의 눈동자를 바라보며 나는 속으로 말했다. 남자가 뚫어져라 내 얼굴을 쳐다보고 있었기 때문에 은밀한 신호 하나 보낼 수 없었다.

감사하다는 내 인사에도 여자는 말이 없었다. 나는 준비한 각본대로 연기를 시작했다. 어떻게든 영심의 행방을 알아야 했고 돈을 건네기 전에 시간을 끌어야 했다.

제 언니는 많이 회복되었어요. 꼭 인사드리고 싶다고 해서 함께 왔습니다.

나는 김말숙 씨를 향해 말했다.

언니, 이분이야.

뭐라 감사 인사를 드려야 할지, 덕분에 제가 이렇게 살아 있습니다.

김말숙 씨가 떨리는 목소리로 말했다. 정말 감사한 마음이 복받치는 것처럼 보여 오히려 자연스러웠다. 나는 김말숙 씨를 향해 고개를 끄덕였다. 김말숙 씨가 말을 이었다.

우리 고양이까지 돌봐주셔서 감사드립니다. 김지희 씨 아니었으면 길거리 신세가 될 뻔했어요. 이제 함께 살 수 있게 되었으니 데려가겠습니다.

고양이라니, 뭐라는 겁니까.

남자가 낮은 목소리로 말했다.

김지희 씨가 우리 고양이를 돌봐주셨거든요.

흠, 우리 지희 그런 말 없었잖아. 그 짐승 새끼를 맡아줬다고.

남자가 김지희 씨에게 말했다. 김지희 씨가 움찔했다. 김말숙 씨도 움찔했다. 나는 김말숙 씨의 팔을 잡

고 힘을 주었다. 김말숙 씨는 심호흡을 하며 짐승 새
끼라는 단어를 참아내고 있었다.

우리 지희 참 친절도 해. 내게 줄 돈은 없어도 남
빌려줄 돈은 있고, 나를 바퀴벌레 취급하면서 짐승
거둘 마음은 있고. 너란 여자는.

그게, 제가 부탁을…….

말하는데 끼어드는 거 아닙니다.

남자가 이를 앙다문 채 내게 말했다. 나는 주춤했
다. 남자가 허리를 굽혀 김지희 씨의 얼굴에 두 손을
갖다 댔다. 손으로 얼굴을 어루만지는 순간 소름 끼
치는 느낌이 나를 사로잡았다. 저 손으로 뭘 더 하기
전에 어서.

우리 지희는 내가 우스워, 그치?

남자가 손으로 김지희 씨의 뺨을 톡톡 쳤다.

내가 짐승 새끼보다 못하다 이거야, 그치?

손 치워줄래.

김지희 씨가 처음으로 입을 뗐다. 떨리는 몸과 달
리 목소리는 이상하게 가라앉아 있었다.

고양이 돌려드려. 저분들은 상관없잖아.

내가 물었다.

영심은 어디 있을까요?

남자가 허리를 펴면서 말했다.

영심? 큭, 이름하고는.

여기 없나요?

저기 있어요. 아주 잘, 있습니다.

데려가겠습니다.

아직은 아니고요. 우리 더 놀아야 되거든요.

네?

그 짐승 새끼랑 아주 재미있는 놀이를 하는 중이라서.

무슨?

고양이는 돌려드려.

왜? 나는 너무 재미있어 밤새 하고 싶은데. 우리 지희는 재미가 없구나?

재미있는 놀이라, 나도 모르게 신음소리가 났다. 김말숙 씨의 어깨가 부들거렸다. 남자에게 달려들고 싶은 마음을 애써 참았다. 우린 아직 영심이 있는 곳을 알지 못했다.

어쩐지 처음 볼 때부터 기분 나빴어. 지희 집에 우리 지희는 없고 고양이만 시끄럽게 울고 있었거든요.

나가라고 문을 열어놨더니 나가지도 않고 울기만 해. 나는 고양이 울음소리가 싫어. 꼭 뭔가 불길한 일이 일어날 것 같단 말야. 내가 잡으려니까 캬악 소리를 내면서 나를 할퀴었어. 저 새끼가 그랬다고. 큭. 그때 어떤 생각이 들었는 줄 알아요? 나를 쥐새끼로 보나, 이 여자가 나를 쓰레기로 취급하니 짐승 새끼도 나를 쥐새끼로 보는구나. 기분이 좆같았지요. 그래서 손을 좀 봐줄까 하거든요.

그렇게 기분 나빠할 일은 아니에요. 인간과 동물은 감정을 표현하는 방법이 다르니까요. 처음 보았을 때 고양이가 하악질을 했다면 약간의 경계심을 드러내는 거지 다른 뜻은 없었을 겁니다.

하악질? 약간의 경계심? 말 참 어렵게 하시네. 허리를 세우고 이빨까지 드러내면서 나를 공격했습니다. 그뿐인 줄 알아요? 내가 지희한테 뭐라 하면 그 짐승 새끼가 이빨을 보이고 크억거려. 별꼴이지 않습니까. 더 웃긴 건 말야, 크큭, 우리 지희, 짐승이라도 제 편 들어주는 게 좋은 건지 거만해졌어요. 내 말을 들어먹질 않아. 나는 그게 아주 기분이 나쁘답니다. 우리 지희도, 고양이 새끼도.

남자의 얼굴이 일그러졌다. 반말과 존댓말을 뒤섞어, 김지희 씨나 우리 누구에게나랄 것 없이 말하는 그 태도는 종잡을 수 없는 남자의 성격을 말해주는 것 같았고, 종잡을 수 없는 것이 그렇듯 매우 위협적으로 느껴졌다. 이 남자가 기분이 더 나빠진다면 무슨 일을 저지를지 알 수 없었다.

영심 때문에 기분 나쁘셨다면 죄송해요. 제가 대신 사과드릴게요. 얼른 영심을 데려가는 게 좋을 것 같네요. 영심은 어디 있습니까?

더 놀아야 한다니까요.

그러지 마.

김지희 씨가 말했다. 남자가 김지희 씨의 뺨을 톡톡 건드렸다.

봐봐, 우리 지희가 아주 거만해졌어요. 한동안 얌전하더니 나한테 그만 만나자고 이별을 통보해? 큭큭, 집에 찾아오지도 마라, 우리 지희 예쁜 입으로 그렇게 말해? 그래봤자 소용없다는 걸 몇 번이나 가르쳐줬는데 아직도 못 알아들으니 내가 웃겨, 안 웃겨? 저 고양이 새끼가 뭐라고 이렇게 기가 살아나셨을까.

남자가 노골적으로 비아냥대기 시작했다. 남자가

허리를 세우고 나를 바라보았다. 입가의 미소가 불길했다. 남자가 나와 김말숙 씨를 향해 말했다.

여러분, 방금 떠오른 생각인데 말이죠. 나는 돈을 받고 그냥 끝내려고 했거든요? 근데 갑자기 이 밤에 우리 지희를 찾는 당신들이 궁금해졌지 뭡니까. 뭐 하는 사람들인지 우리 지희와 어떻게 아는 사이인지 자세히 좀 들어야겠다는 생각이 든다 이 말입니다. 회사 동료라고 했죠?

덫이다. 나는 직감적으로 그렇게 생각했다. 맞아요, 회사 동료예요, 라고 인정하면, 지희는 그런 말 한 적이 없는데 정체가 뭐야, 라고 물고 늘어질 것이다. 어떻게 대답해야 덫을 비켜갈 수 있을까. 머리를 굴려야 했다. 애초 그가 우리를 만나려던 그 목적에 집중해보는 수밖에. 나는 어깨에 진 배낭을 내려놓고 300만 원이 든 봉투를 꺼냈다. 급히 만든 수령증도 꺼냈다.

시간이 늦었네요. 여기 돈 받으시고요. 영심을 데려가겠습니다.

어떻게 아는 사이냐고 물었습니다.

남자는 집요했다. 나는 퉁치기로 했다.

글쎄요, 그냥 오다가다 만난 사이랄까요.

그게 말이 돼? 당신들, 뭐 하는 사람들이야?

그게 왜 궁금하신지 모르겠습니다. 영심을 건네주시면 돈 드릴게요.

아하, 이제 보니 당신들, 고양이가 목적이야. 내가 그걸 이제 알았습니다……? 정말 지희한테 돈을 빌렸는지 어쨌는지 알 수 없지만 뭐, 그건 상관없지. 나야 돈만 받으면 되니까. 그런데 돈을 더 받을 수도 있겠다는 생각이 듭니다……? 아니면 고양이와 재미있게 노는 걸 보여주는 것도 좋을 것 같고요……? 이러면 우리 지희도 그만 만나자는 헛소리는 안 할 것 같은데. 안 그래, 지희?

그만해!

김지희 씨가 벌떡 일어섰다. 나와 김말숙 씨는 동시에 끙, 소리를 냈다. 남자는 씨익 웃더니 쉼터를 벗어나 산길을 오르기 시작했다. 나와 김말숙 씨가 서둘러 뒤따랐고 김지희 씨도 비틀거리며 따라왔다. 나는 걸음을 재촉하며 왼손 검지를 들어 보였다. 아직은 아니라는 수신호를 이수언 씨는 보고 있을 것이다. 어디선가 야옹, 소리가 나는 것 같았다. 남자는

행하는 자

빠르게 산길을 오르더니 잎이 무성한 느티나무 앞에 멈추었다. 나무 뒤편 수풀을 헤치자 마대자루가 있었다. 입구가 묶여 있었고 그 안에서 뭔가 움직이고 있었다. 야옹. 김말숙 씨가 스프링처럼 뛰어가려는 걸 나는 제지했다.

보시다시피 아직 살아는 있습니다. 살아 있어야 재미라는 걸 느끼죠. 그렇죠?

남자가 발로 자루를 툭툭 찼다. 크아악, 소리가 나며 자루가 버둥거렸다.

내가 원래부터 짐승이랑 잘 노는 사람이에요. 고양이 수염을 태우고 개 꼬리도 잘라주고. 돼지 어금니도 빼주고 토끼 눈에 본드도 발라주고. 그리고 잘 논단 말입니다. 짐승들도 신이 나서 아주 방방 뛰어요, 크큭. 이놈은 어떻게 놀아줄까, 뭘 좋아하려나.

영심은 그런 거 좋아하지 않습니다. 이제 그만 돌려주세요.

내가 말했다.

그럴 리가요. 내가 해주면 좋아할 겁니다. 우리 지희도 좋아하거든요.

남자가 김지희 씨를 바라보며 싸늘하게 말했다. 그

러더니 재킷에서 무언가 꺼냈다. 단도였다. 달빛을 받은 칼이 날카롭게 번득였다. 남자가 자루 앞에 앉았다. 칼등으로 자루 입구부터 바닥까지 스윽 훑어 내려갔다. 칼이라니, 나는 방어무기가 필요한 때라 생각했다. 왼팔을 들어 올리고 손바닥을 활짝 폈다. 이수언 씨에게 수신호를 잘 닿길 바랐다. 김지희 씨가 남자에게 다가갔다.

그만해.

우리 지희도 이런 거 좋아하지? 좋아하잖아. 막 흥분되고 그렇잖아.

돈을 더 드릴게요.

김말숙 씨가 말했다.

1000만 원.

드릴게요.

2000만 원.

드릴게요.

당장 가져와.

그때 남자가 아악, 비명을 질렀다.

이 새끼. 죽여버린다.

남자가 손등을 보며 욕을 했다. 요동치는 자루에

작은 구멍이 보였다. 영심의 일갈이었다. 남자가 자루에 발길질을 하려 했다. 김지희 씨가 남자를 막아서며 낮지만 단호한 목소리로 말했다.

그만해.

우리 지희는 빠지세요. 이건 저 사람들과 나의 거래야.

그만하지 않으면.

않으면 뭐?

죽여버릴 거야.

김지희 씨가 말했다. 남자가 일어섰다.

이제야 우리 지희 속마음을 알겠어. 큭, 나를 죽이고 싶어요, 그래요?

하정현, 이제 그만해. 그냥 나랑 같이 죽어.

미친년.

어차피 죽어야 끝나는 일, 죽기 전에 너 죽이고 가려고. 너는 내 손으로 없애고 가려고.

남자가 싸늘한 목소리로 말했다.

네가 뭘 할 수 있다고 생각한 모양인데, 그새 잊어버렸구나. 우리 지희. 잘 들어. 너는 내 거야. 머리끝에서부터 발끝까지, 네 몸, 네 마음, 네 생각, 네 감정,

네 취향, 네 미래, 네 꿈, 네 의지, 전부 내 거라고. 처음부터 난 그걸 알았는데 너는 왜 아직도 몰라. 내가 그렇게 가르쳐줬는데, 전화번호 달라는 내 말을 네가 씹을 때, 그때부터 내가 가르쳐줬잖아.

김지희 씨가 자루로 다가가자 남자가 팔을 잡았다. 김지희 씨가 훅 뿌리쳤다.

이 쌍년이.

이제 그만해. 제발, 그만해.

김지희 씨가 소리쳤다. 그때 뭔가 남자의 얼굴로 날아올랐다. 털 달린 넓적한 몸뚱이가 남자의 얼굴을 덮쳤다. 영심아, 영심아, 김말숙 씨가 소리쳤다.

뭐야, 아악.

남자가 비명소리를 냈다. 영심은 앞발로 남자의 머리를 감싸고 눈두덩을 물었다. 남자가 영심의 몸을 잡자 영심은 뒷발차기로 입을 가격하고 이번에는 목에 이빨을 박아 넣었다. 남자가 영심을 떼어내려 안간힘을 쓸수록 남자의 목을 물고 있는 영심도 턱에 힘을 주었다. 피가 흘러내렸다. 남자가 칼을 든 손을 영심에게 향했다. 안 돼, 라고 김말숙 씨가 소리쳤다. 영심이 땅으로 뛰어내렸다. 쏜살같이 달려 숲으로 사라졌다. 김말숙 씨가 영심을 뒤쫓았고 나와 김지희 씨도 뒤따랐다. 죽여버릴 거야, 다 죽여버릴 거야, 라고 소리치면서 남자가 달려왔다. 나는 왼손바닥을 활짝 펴 들었다. 이럴 때 이수언 씨가 나타나 저 남자에게 몽둥이를 휘둘러준다면 좋을 텐데. 내 수신호를 읽지 못한 건지 혹은 무슨 일이 있는 건지 알 수 없었다. 무기가 없으니 맨손으로 달려들 수도 없었다. 지금은 영심을 찾아 달리는 수밖에.

그렇게 한참을 달렸다. 앞서가던 김말숙 씨가 악, 소리를 내며 땅에 주저앉았다. 다리를 만지며 고통스러워했다.

다쳤어요?

김말숙 씨가 일어서려다 다시 주저앉았다.

발목을 삔 것 같아요.

어디 봐요.

아뇨, 영심을 따라가세요. 제발, 그렇게 하세요. 저는 괜찮아요, 제발, 얼른 따라가세요.

김지희 씨가 앞서 걷기 시작했다.

어서요. 영심이 놓치겠어요.

나는 고개를 끄덕이고 산길을 오르기 시작했다. 앞

서가던 김지희 씨가 문득 걸음을 멈추었다. 그 앞에 커다란 아치형의 바위가 있었다. 위에서 일직선으로 바닥에 닿아 마치 벽처럼 굳건해 보였고 그 밑으로 두어 사람이 오갈 수 있도록 길이 나 있었다. 뭔가의 입구처럼 보이기도 했고 이편과 저편을 나누는 경계 같기도 했다.

저쪽으로 갔어요.

김지희 씨가 말했다. 손으로 방향을 가리킬 뿐 그 자리에 서서 움직이지 않았다.

왜 그래요?

내가 물었다.

저, 두려워요.

김지희 씨가 대답했다.

뭐가요?

뭔지 모르겠어요. 그냥 도망치고 싶어요.

우린 이미 도망치는 중입니다. 뒤에서 우릴 쫓는 사람이 있어요.

김지희 씨가 나를 바라보았다. 나도 그를 바라보았다. 그 눈동자는 여전히 의심과 간절함 사이에서 흔들리고 있었다.

둘 중 하나를 선택해야 해요. 저 사람에게 잡히느냐, 아니면 저편으로 건너가느냐. 지금, 이 순간 선택해야 합니다.

지금, 해야 되는 거죠?

지금 아니면 영영 못 할 수 있어요.

자신이 위험에 빠졌다는 것을 세상 누구도 알지 못했던 가엾고 외로운 생물체. 그러다 귀가 접히고 가로줄 무늬가 있는 통통한 고양이를 만나 자신이 삶에서 가장 중요한 뭔가를 잃어버릴 뻔했다는 걸 깨달았을 사람. 그것을 지키기 위해 지금 할 수 있는 걸 해야 할 때라는 걸 김지희 씨가 알았으면. 그가 내딛는 걸음은 이제 홀로 뚜벅거리는 소리를 내지 않을 것이라는 사실도.

내가 말했다.

쉬운 일이라고는 안 했습니다. 두렵고 고통스럽다는 거 알아요. 우리가 당신 옆에 있을게요. 한시도 떨어지지 않고 꼭 붙어 있을 겁니다.

우리, 요?

네, 우리요. 당신을 믿고 당신 옆의 사람들을 믿어보세요.

그 순간 나는 버럭마고가 나를 위해 기도하겠다는 그 마음에 닿았다. 누군가의 안위와 성장을 빌어준다는 게 어떤 의미인지 이제야 이해했다. 어깨에 진 짐이 너무 무거워 쓰러질 것만 같은 누군가가, 끝내 자신에게 주어진 걸 해내리라는 굳건한 믿음이 흔들리는 일은 없지만, 지금은 그의 짐이 너무 버거워 그걸 어깨에 기꺼이 나누어 지려는, 그래서 잠깐이라도 어깨가 가벼워진 누군가가 다시 기운을 차리기를, 상처받은 마음을 회복하기를, 올무에서 무사히 빠져나와 털털 털어버리기를 바라는 그 마음, 그것은 영심을 찾아, 김지희 씨를 찾아 여기까지 온 우리의 마음이었다. 김지희 씨가 고개를 끄덕였다. 한 발을 내디뎠고 이어 다른 한 발도 움직였다. 나도 그렇게 했다.

우리는 아치형의 바위 밑을 조용히 걸었다. 어딘가의 입구가 맞다, 라고 나는 생각했다. 그곳에 들어선 순간, 안개 속을 거니는 것 같은 느낌이 들었다. 풍경은 흐릿했고 사물은 아른거렸다. 마치 불투명 유리 안의 세상으로 들어온 것 같은 느낌이었다. 게다가 분명 이곳은 숲속인데도 공기는 눅눅했고 어디서도 맡아보지 못한 냄새가 났다. 오래된 집 다락에서 날

법한 냄새 같기도, 먼지 쌓인 책을 펼쳤을 때의 냄새 같기도 했다.

얼마나 걸었을까. 흐릿한 풍경 사이로 사람의 뒷모습이 보였다. 남자였다. 이렇게 우리보다 앞질러 올 수 있었을까. 도망쳐야 하나, 아니면 맞서 싸울까, 고민하는 사이 남자가 뒤돌아섰다. 그런데 뭔가 달라져 있었다. 자세히 보니 아까 보았던 남자의 모습이 아니었다. 하늘색 옥스퍼드 셔츠에 청바지를 입은 매우 말끔한 모습이었다. 영심이 물어뜯어 피가 흥건한 얼굴이어야 하는데 이상했다. 게다가 남자는 내가 거기 있다는 걸 전혀 의식하지 않았다. 나는 김지희 씨를 바라보았다. 방금 전까지 대화를 나누던 모습이 아니었다. 머리카락은 어깨까지 닿았고 흰 바지에 분홍색 카디건을 걸치고 있었다.

그리고 한 사람이 더 있었다. 키가 작고 귀여운 얼굴의 단발머리 여자였다. 해주야, 라고 김지희 씨가 단발머리 여자를 불렀다. 여자가 다가왔다. 두 사람은 허물없었다. 얼굴을 마주 보고 웃었고 손을 잡았다. 남자가 다가와 단발머리 여자 옆에 섰다. 상냥한 미소를 지으니 마음이 무장해제 되는 그런 얼굴이었다. 세 사람은 나란히 걸었다. 카페에 들어가 차를 마셨고 다시 길거리로 나와 걸었다. 벚꽃이 만발한 공원으로 들어섰다. 바람이 불고 꽃비가 내리자 김지희 씨와 단발머리 여자가 손을 들어 꽃을 부여잡으면서 웃었다. 손에 잡힌 꽃잎을 서로의 머리에 놓아주며 두 사람은 다시 깔깔거렸다. 어느 순간 풍경이 뒤틀리더니 두 사람만 남았다. 단발머리 여자는 사라지고 없었다. 남자가 김지희 씨의 손을 잡으려 했고 김지희 씨는 거부했다. 잡으려는 손과 거부하는 손이 팽팽하게 대립하다 결국 잡으려는 손이 이겼다. 넌 내 거야, 라는 남자의 목소리가 들렸다. 주변이 더욱 어두워지고 두 사람의 실루엣만 보였다. 남자가 김지희 씨를 안으려 했지만 김지희 씨는 남자에게서 빠져나가려 했다. 남자가 김지희 씨의 뺨을 때렸다. 넌 내 거야, 그걸 잊어버리면 어떻게 되겠어, 해주가 알게 할까. 이제 완전히 캄캄한 어둠이 내려앉은 밤이었다. 작은 울음소리가 들렸다. 고통을 삼키느라 소리조차 크게 뱉어내지 못한 그런 흐느낌이었다. 어둠 속에서 대화가 들렸다.

어차피 사라질 애였어.

어떻게 그런 말을…….

내겐 아무 의미 없거든.

네 여자친구였어.

내 여자친구는 너야.

그럴 수 없어.

이제 넌 완벽하게 내 것이야. 이 세상에 없는 애 따위 잊어버려. 우리 둘을 방해하는 건 없어져야 해.

서서히 주변이 밝아졌다. 큰비가 왔는지 거대한 강물이 흘러가고 있었다. 강 위로 가늘고 연약한 다리가 걸쳐져 있었다. 아, 저건 아까 나와 김말숙 씨가 건너왔던 출렁다리. 다리 위에 김지희 씨가 서 있었다. 안개 저편으로부터 누군가의 목소리가 들렸다.

울지 마, 네 잘못 아냐.

미안해, 해주야.

미안해하지 마.

마음에 둔 적, 단 한 번도 없어.

알아.

알면서 왜 그런 거야.

죽어야 끝나는 일이었어. 더는 못 해.

널 따라가고 싶어.

그러지 마. 너를 지켜.

네가 못 한 걸 내가 어떻게 해.

너는 할 수 있어.

나도 끝내고 싶어.

그러지 마.

해주야.

모든 게 다 내 탓이야. 나는 나를 방치했어. 그 사람이 나를 갉아먹도록 내버려둔 대가를 치른 거야.

아아.

너는 달라. 그 사람은 절대로 너를 집어삼킬 수 없어. 그러니까 지희야, 살아. 너를 지켜.

해주야, 나…… 살고 싶어, 미치도록 살고 싶어.

김지희 씨가 어깨를 들썩이며 흐느꼈다. 한동안 잠잠하던 목소리가 말했다.

살아, 맞서.

할 수 있을까?

친구들이 있잖아.

친구?

그래, 친구. 함께 맞서줄 이들, 너의 슬픔을 등에 지고 가는 이들.

행하는 자

바람이 불고 안개가 흘러갔다. 불투명하게 어른거리던 풍경과 사물이 선명해졌다. 어느새 나는 출렁거리가 보이는 쉼터에 와 있었다. 안개가 걷히면서 바위 옆에 서 있는 김지희 씨의 모습이 드러났다. 얇은 원피스를 입은 추워 보이는 모습 그대로였다. 그리고 바위 위에 생명체 하나가 더 있었다. 귀가 접힌 동그랗고 귀여운 얼굴, 영심. 내가 영심을 바라보자 영심이 흔들림 없는 눈동자로 나를 주시하더니 눈 키스를 했다. 영심의 인사에 나도 눈을 깜빡여 응답했다. 영심이 다시 한번 눈을 깜빡였다. 나는 금방이라도 달려가 세상에서 가장 용감한 고양이를 안아주고 싶었지만 영심의 뒤에 서 있는 이를 보고 정신을 차렸다.

바위 뒤로 유령처럼 남자가 서 있었다. 눈두덩이에서 시작된 피가 뺨과 턱으로 흘러내렸다. 마치 피눈물을 흘리고 있는 것처럼 보였다. 남자가 영심에게 걸어가기 시작했다. 한 손으로 흘러내리는 피를 닦으며 다른 한 손으로 칼을 움켜쥐었다. 영심이 뒤돌아 남자를 쳐다보았다. 크하악, 소리를 내며 허리를 아치 모양으로 올려 세웠다. 뒷다리를 굽히고 앞발을 뻗어 내밀었다. 꼬리의 털은 내가 이제까지 본 공격

자세의 고양이 중 가장 강렬하게 곤두세운 채였다. 남자가 영심을 향해 칼을 내리꽂았다. 영심은 가볍게 남자를 피해 바위 옆 자작나무 가지 위로 올라섰다. 휴, 나는 가슴을 쓸어내렸다. 영심은 고양이, 액체설 고양이의 뼈는 연골이 많아 부드럽고 물렁해서 매우 유연하다. 컵이나 박스, 유리병 등에 들어가 있는 고양이의 몸은 용기에 따라 형태가 변화하는 액체를 연상케 할 정도여서 '고양이 액체설'이 생겨났다 이 있을 정도로 민첩한 생명체답게 빠르고 유연한 몸놀림이었다. 그러나 안도하긴 일렀다. 남자가 나무 위의 영심을 힐끗 쳐다보더니 김지희 씨에게 고개를 돌려 씨익 웃었다. 소름 끼치는 웃음에 나는 경계태세를 갖추었다.

남자가 김지희 씨에게 다가갔다. 김지희 씨가 출렁다리로 달리기 시작했다. 남자가 김지희 씨를 쫓았다. 피를 많이 흘린 탓인지 걸음은 비틀거렸지만 칼을 쥔 손은 고집스러워 보였다. 영심이 나무 위에서 가볍게 내려와 남자를 따라갔다. 남자가 출렁다리의 가드레일을 잡고 흔들기 시작했다. 김지희 씨가 다리와 함께 흔들거리다 바닥에 주저앉았다. 그 틈을 타 남자가 김지희 씨를 붙잡았다. 뒤따라가던 영심이 크

하악, 하악, 하는 소리를 냈다.

그만해.

괜찮아, 우리 지희를 해하려는 게 아냐. 저 짐승을 잡으려는 거야. 저 짐승 새끼 때문에 네가 날 버리려는 거잖아, 우리를 갈라놓는 건 뭐든 없어져야 해.

미친 새끼.

김지희 씨가 남자의 손을 떼내려 했다. 남자가 김지희 씨를 가드레일 쪽으로 밀고 갔다. 그때 영심이 남자를 향해 뛰었다. 나는 소리쳤다.

안 돼, 영심아, 도망쳐.

그러나 영심은 도망가는 대신 남자에게 달려들었다. 남자는 두 번 당하지 않겠다는 듯 영심에게 칼을 휘둘렀다. 영심이 날카로운 소리를 내며 바닥에 나뒹굴었다. 나는 다급히 영심에게 달려갔다. 영심의 다리털 사이로 피가 배어 나오기 시작했다. 나는 영심을 안으려 했으나 줄무늬 고양이는 내 손을 벗어났다. 자기 몸이 다치는 건 상관없다는 듯 김지희 씨 곁을 지키는 작고 연약한 생명체에게 나는 간절히 말했다. 영심아, 제발, 더 위험해지면 안 돼. 영심은 발을 절룩거리면서도 허리를 둥글게 세워 남자를 바라보았다.

그만둬. 고양이한테 손대지 마.

기분이 나쁘잖아. 그건 못 참지, 그치?

남자가 빠르게 뒤돌아서 영심의 머리를 낚아챘다. 영심은 출렁이는 다리 위에서 탈출구를 찾지 못하고 남자에게 머리를 잡히고 말았다. 내가 달려들어 남자의 팔을 물었다. 씨팔년. 나는 온몸을 던져 남자를 쓰러뜨렸다. 남자가 넘어지면서 칼을 놓쳤다. 김지희 씨가 칼을 집었다. 바닥에서 뒹구는 남자에게 다가갔다.

지희야, 그거 내려놔.

고양이 먼저 보내줘.

짐승 새끼는 죽어야 돼. 어차피 죽을 목숨이야.

그때도 그렇게 말했지, 하정현. 어차피 죽을 애였다고.

뭐라는 거야.

이 출렁다리, 지금 네가 있는 그곳에서 해주가 강물에 몸을 던졌을 때, 너는 그때도 그렇게 말했어. 그때 널 죽였어야 했어.

뭐라는 거야.

네가 이곳으로 나를 데려온 이유를 내가 모를 것

같아? 넌 악마야.

크큭. 나를 뭐라 부르든 상관없는데, 아직도 내게서 벗어날 수 있다고 생각하는 게 좀 안타깝네요, 우리 지희.

이 다리에서 떨어지는 길밖에 없다고 생각했어, 해주처럼. 그러나 이젠 아냐. 나는 살고 싶어. 나는 살아서 해주를 기억하고 우리가 잃어버린 그 시간을 살거야. 죽도록 살 거야. 그러려면 하정현, 너는 영원히 사라져줘야겠어.

김지희 씨가 남자에게 다가갔다. 남자가 바닥에서 일어섰다. 눈두덩에서 붉은 피가 그치지 않고 흘러내렸지만 남자는 개의치 않았다.

우리 지희가 드디어 미쳤구나. 근데 말야, 네가 뭘 할 수 있는지 한번 보자고. 내가 지금 이 짐승 새끼 모가지를 비틀어버릴 건데, 네가 그걸 막을 수 있어?

남자가 영심의 목에 손을 댔다. 그 순간 나는 달려가 발차기로 남자의 배를 걷어찼다. 남자가 비틀거렸고 영심이 발버둥치면서 남자의 손을 벗어났다. 남자가 영심을 잡으려 했으나 영심은 가볍게 가드레일 위로 뛰어올랐다. 사람 손바닥만 한 너비밖에 되지 않는 위태로운 가드레일 위에 서서 영심은 남자를 향해 크헉, 하고 허리를 곧추세웠다.

저 고양이 새끼 때문이야. 내 손으로 목을 비틀어버릴 거야.

남자는 곧 쓰러질 듯하면서도 영심을 쫓았다. 영심이 가드레일에 연결된 밧줄을 타고 내려가더니 다리의 바닥 뒷면으로 모습을 감췄다. 남자가 레일을 잡고 출렁다리를 흔들기 시작했다. 나와 김지희 씨는 균형을 잡지 못해 바닥에 쓰러졌다. 한참 동안 흔들거려도 영심이 나타나지 않자 남자가 밧줄을 타고 내려가 영심을 쫓기 시작했다. 밧줄 사이로 얼굴을 들이밀어 아래를 내려다보니 영심은 다리 상판의 지지대 위에 몸을 숨기고 있었고 남자는 한 손으로 다리 상부와 연결된 밧줄을 잡고 다른 한 손을 지지대 위로 뻗고 있었다. 남자의 손끝이 아슬아슬하게 영심의 머리를 낚아채려는 찰나 영심이 남자의 머리로 달려들었다. 영심이 남자의 귀를 물자 남자가 아악, 하는 소리를 내더니 한 손으로 영심의 목을 짓누르기 시작했다. 지옥이 있다면 바로 저런 모습일 거라고 나는 생각했다. 협곡을 가로지르는 강물 위 밧줄에 매달린 위태로운 상황에서, 자신에게 남은 마지막 힘을 아름다운 생명체를 죽이는 데 쏟아붓고 있는 사람. 그런 사람이 갈 곳이 지옥이 아니라면 어디란 말인가. 김지희 씨가 나를 바라보았다. 나도 그를 바라보았다. 의심과 간절함 대신 단호함과 확신에 찬 눈동자가 나를 응시했다. 외롭고 연약한 생명체가 아니라 단단하고 바른 이의 흔들림 없는 눈동자였다. 눈 한 번 깜빡거릴 시간이었지만 마치 영원의 시간이 흐르는 듯했다. 내 삶 전체가 그 순간의 한 점으로 수렴되는 듯 강렬했다. 달빛을 받은 그의 속눈썹이 그림자를 만들어내는 모습까지 생생했고 내 뺨의 모세혈관이 부풀어 오르는 것까지 또렷하게 느껴졌다. 기묘한 일이었다. 얼마간의 시간이 흐른 뒤 이 장면을 떠올릴 때 나는 알게 되었다. 그 순간 김지희 씨는 다른 사람으로 존재했다는 걸 말이다. 그는 흐릿한 과거의 시간에서 빠져나와 생생한 현재의 시간으로 걸어들어왔고, 존재 자체가 바뀌어버린 그 변화는 그것을 지켜보는 나의 내면까지 관통했던 것이다. 나는 김지희 씨를 향해 고개를 끄덕였다. 작은 몸짓에 그 순간의 결계가 해제되었다. 김지희 씨는 헉, 하고 오래 참은 숨을 내

쉬고는 손에 들고 있던 칼로 남자가 매달려 있는 밧줄을 끊기 시작했다. 남자가 무엇을 위해 날을 갈아두었는지 알 수 없었지만 칼은 스윽스윽 가볍고 빠르게 밧줄을 끊어냈다. 카아악, 하는 영심의 비명소리가 들리자 김지희 씨의 손놀림이 빨라졌다. 마지막까지 끊어내자 두꺼운 밧줄이 툭 끊어졌다. 남자가 비명을 질렀고 줄을 잡은 채 허공에서 포물선을 그리며 몸부림치다 곧 밧줄을 놓쳤다. 그 순간 나는 다리 밖으로 손을 내밀었고 영심이 날아올라 내 손을 잡았다. 작고 물렁한 생명체를 내 품에 안는 순간 첨벙, 하는 소리가 났다. 나와 김지희 씨는 가쁜 숨을 몰아쉬며 다리 아래의 은빛 강물을 바라보았다. 무슨 일이 벌어졌는지에는 아랑곳없이 강물은 무심한 채 유유히 흘러가고 있었다.

버들산 위로 떠오른 달을 바라보았다. 전갈자리 뉴문. 낯선 장소에서 새로운 감정을 느끼며 익숙하지 않은 결정을 내린다는 게 이런 것이었을까. 쉬운 일이라고는 안 했습니다. 두렵고 고통스러울지라도 꼭 거쳐야 하는 일입니다. 버럭마고를 만나 오늘의 이야기를 해준다면 그는 뭐라 할까. 기도가 통했다고 할까, 아니면 우주의 섭리라고 할까. 알 수 없었다. 영심이 고개를 들어 나를 바라보았다. 그 눈은 강물처럼 맑게 빛나며, 거친 숨을 몰아쉬는 내 모습을 비추고 있었다.

고양이처럼

～～～

    칼에 벤 영심의 다리 상처는 생각보다 크고 깊었다. 앞발의 발톱 두 개가 빠지고 귀도 찢어졌으며 눈에서도 피가 흐르고 있었다. 영심은 김말숙 씨 품에 안기자마자 깊은 잠에 빠져들어 눈을 뜨지 않았다. 이따금 잠꼬대를 하면서 몸을 부르르 떨 때마다 김말숙 씨는, 괜찮아, 이제 괜찮아, 하고 토닥였다. 피를 흘린 채 절룩거리는 고양이와 발을 삐어 절룩거리는 집사의 상봉은 조용하지만 뜨거웠다. 나는 그 어느 때보다 많은 눈물을 흘렸고 김지희 씨도 마찬가지였다. 병원에서 영심의 상처를 치료하고 김말숙 씨의 집으로 와 푹신한 방석 위에 눕혔다. 곯아떨어진 영심은 순수하고 작은 생명체일 뿐이었다. 저 연약한 몸체 어디서 그런 힘과 용기가 솟았는지, 김지희 씨를 보호하는 의무를 왜 스스로 짊어졌는지 나는 알 수 없었다.

김말숙 씨는 발에 깁스를 했다. 절룩거렸지만 편안해 보였다. 우리는 영심을 바라보며 오늘 겪은 일에 대해 이야기했다. 눈으로 보고서도 믿지 못했던 이 일의 시작처럼, 내가 겪고서도 믿기 힘든 결말이었다. 특히 김지희 씨가 흰 바지에 분홍색 카디건을 입고 나타난 부분부터 해주라는 사람의 목소리가 들린 장면까지, 그게 도대체 꿈인지 현실인지, 아니면 아카식 레코드에 저장된 기억인지 나는 알 수 없었다. 내가 확신할 수 없는 일을 타인에게 설명하는 건 역시나 불가능했다. 나는 그 이야기를 말할 수 없었다. 김말숙 씨는 영심이 활약하는 장면에서 웃고 울었다.

김지희 씨는 매우 고단해 보였다. 김말숙 씨가 갈아입을 옷을 내오면서 말했다.

당분간 여기서 지내는 게 어때요?

김지희 씨가 나를 바라보았다. 나는 그를 향해 고

양이처럼 부드럽고 천천히 눈을 깜빡였다.

영심이 맺어준 인연이라 제게는 무척 소중합니다, 당신이.

김지희 씨가 천천히 고개를 끄덕였다.

처음 영심을 보았을 때 사랑을 많이 받은 티가 났어요. 좋은 분이 곁에 있었네요.

오히려 제가 사랑을 듬뿍 받죠. 우리는 동물에게 주는 것보다 받는 게 더 많답니다.

김말숙 씨가 애틋한 눈길로 영심을 바라보았다. 우리 세 사람의 눈길이 같았다. 귀가 접힌 통통한 고양이는 새근새근 숨소리를 내며 자고 있었다.

맞아요. 영심이 제게 준 걸 생각하면. 영심을 만난 날, 그날은 정말이지.

김지희 씨가 물을 마셨다. 긴 이야기가 시작되려 했다.

그날 죽어야겠다 생각하고 모아놓은 수면제를 식탁에 올려놓았어요. 한꺼번에 먹을까, 두 번 나눠 먹을까, 이런 궁리를 하면서 창문을 바라보는데 눈이 딱 마주쳤어요. 넓적한 얼굴에 앙증맞은 코와 입이 어찌나 사랑스럽던지요. 저도 모르게 웃고 있었어요.

아, 예뻐라, 이런 소리를 제가 내고 있더군요, 약 먹고 죽으려던 제가요. 흔들림 없이 저를 바라보는 눈동자를 보며 생각했지요. 죽더라도 저 고양이를 잠깐만 안아보고 죽자. 건물 밖으로 나가 창문 쪽으로 갔어요. 고양이는 그 자리에서 얌전히 저를 기다리고 있었죠. 저를 보고 눈을 깜빡해요. 안녕, 하는 것처럼. 제가 다가서니까 종아리에 제 몸을 스윽 갖다 대요. 그렇게 한참 동안 스윽스윽 하며 제 주위를 맴돌았어요. 제가 앉으니까 제 무릎 사이로 얼굴을 들이미는데, 그 느낌을 뭐라 표현할 수 있을까요.

안아주는 것 같죠, 따뜻한 생명체가.

김말숙 씨가 말했다.

맞아요, 그 느낌이 너무 따뜻해서 그만 울컥하고 말았어요. 쪼그리고 앉아서 울고 있으니까 영심이 제 손을 살짝 깨물었어요. 얼굴을 드니 제 품으로 와요. 어서 안아라, 그렇게 말하는 듯. 영심을 안고 집으로 들어왔어요. 식탁 위의 수면제를 치웠죠. 혹시라도 갖고 놀다 꿀꺽해버릴까 봐. 그날 하루 종일 영심만 바라보았어요. 영심이 먹는 것, 자는 것, 털을 핥는 것, 꼬리를 세우고 도도하게 걷는 것, 그릉그릉거리는 것. 어쩜 저렇게 아름다운 생물체가 있을까 감탄했지요. 그런데 어느 순간 제 마음에 무언가 피어올랐어요. 아주 오래 묵은 일이, 잊어버리려고 애쓰고 애쓰던 그 일이. 영심을 바라보는 시간이 길어질수록 그 일이 생생해졌어요. 그날의 날씨, 공기의 감촉, 냄새와 감정들까지, 지금 일어나는 일처럼, 손에 만져질 것처럼 선명했어요. 더 이상 외면할 수 없어, 도망쳐도 소용없어, 이렇게 내게 말하는 것 같았어요, 이 작은 고양이가요.

해주, 그 사람의 이름이 김지희 씨의 입에서 흘러나왔다. 김지희 씨는 다음 말을 잇지 못했다. 김말숙 씨가 김지희 씨를 안아주었다. 얼마나 힘들었을까요, 슬퍼해도 돼요, 울어도 돼요. 김지희 씨는 김말숙 씨의 품에 안겨 한참 동안 흐느낌을 멈추지 못했다. 그때 전화가 울렸다. 아, 잊고 있었다. 샴고양이를 쫓고 있는 예비탐정 연우, 고양잇과의 사랑스러운 내 친구. 나는 밖으로 나와 전화를 받았다.

나왔어!

연우가 다급하게 말했다.

남자가 고양이를 안고 나오는데 샴인 거야. 얌전히

안겨 있어.

조용히 따라가. 큰소리 내지 말고 허둥지둥하지도 말고.

고양이처럼?

그래, 고양이처럼.

어디까지 따라가?

남자가 걸음을 멈출 때까지. 뭘 하는지 지켜봐. 그 일이 끝날 때까지.

고양이가 위험해지면?

고양이는 아무한테나 안기는 생물이 아냐. 샴이 남자를 믿고 있다는 증거지. 위험할 일은 없을 것 같긴 하지만 만약 그렇다면,

그렇다면?

네가 구해.

뭘 어떻게 구해?

가스총 없냐?

뭔 소리야, 그딴 걸 왜 갖고 다녀?

그렇지. 고양이탐정이 그게 왜 필요하겠어. 근데 그딴 게 필요하다는 걸 오늘 알았어.

뭔 일 있었냐?

있었지. 다시 전화할게. 몸조심하고.

가스총이 정말 필요해?

나는 전화를 끊었다. 이수언 씨가 집 대문으로 들어서고 있었다. 나는 그를 외면하고 창문으로 집 안을 들여다보았다. 영심 옆에 나란히 누운 김지희 씨에게 김말숙 씨가 담요를 덮어주고 있었다. 나는 그들에게 따로 인사를 하지 않고 집을 나섰다. 이수언 씨가 나를 따라왔다. 산등성이로 해가 떠오르고 있었다. 기나긴 밤이 지나갔다. 나는 이수언 씨에게 눈길 한 번 주지 않은 채 물었다.

왜 그랬어요?

뭘 말입니까?

몰라서 물어요?

그게, 설명하자면 깁니다.

짧게 핵심만 말하죠. 졸려서 쓰러질 것 같으니까요.

음, 이 이야기는 그렇게 끝나서는 안 되기 때문이다, 정도로 요약할 수 있겠네요.

김지희 씨를 보고도 그런 말이 나와요?

김지희 씨를 생각하니까 그렇게 한 겁니다.

나와 영심, 그리고 김지희 씨가 기진맥진한 채로

고양이처럼

출렁다리 바닥에 주저앉아 있을 때, 이수언 씨가 뛰어와 다리를 건넜다. 그제야 나타나는 이수언 씨가 야속하고 원망스러웠지만 나는 그를 타박할 생각도, 기력도 없었다. 이수언 씨가 거친 숨을 몰아쉬며 다가와, 탐정님, 괜찮아요, 라고 물었다. 나는 고개를 끄덕였다. 이수언 씨는 내 품에 안겨 있는 영심의 몸 여기저기를 살폈고 다리털을 뒤적이며 상처를 찾았다. 영심을 데리고 어서 병원으로 가세요. 그는 일어서서 가드레일 너머 강물을 바라보았다. 휴대폰을 꺼내 어디론가 전화를 걸면서 출렁다리를 건넜다. 절벽으로 가 이리저리 살피더니 길을 찾았는지 강변 쪽으로 내려가기 시작했다. 그리고 우리가 주차장의 차에 올라탈 때, 구급차의 사이렌 소리가 났다. 우리가 김말숙 씨의 집으로 돌아온 뒤에도 이수언 씨는 한참 동안 모습을 드러내지 않았는데, 그에게 연락해보라는 김말숙 씨의 말에 나는 잠자코 있었다. 다급할 때 내가 보냈던 수신호는 내내 무응답이었다. 그리고 모든 일을 끝냈다고 생각했을 때 그는 내게 어떤 말도 하지 않고 남자의 행방을 좇기 시작했다. 그에 대해 어떻게 생각해야 할지 판단을 내릴 수 없었다. 애초 그에게 도움을 기대한 게 잘못이었을까. 내 편이라 생각했던 이수언 씨가 내 편처럼 행동하지 않은 것에 나는 일종의 배신감 같은 걸 느끼고 있었다. 나는 그가 미웠던 것이다.

만약 그가 그렇게 사라진다면 김지희 씨는 영원히 고통 받을 겁니다.

영원히, 라는 말을 그렇게 쉽게 쓰다니요. 악인은 벌 받아야 해요. 자신이 지은 죄만큼 벌을 받아야 한다니까요.

그걸 부정하는 건 아니에요.

무슨 말이 하고 싶은 건가요?

나는 점점 날카로워지고 있었다. 이수언 씨가 걸음을 멈추었다. 그는 앞서 걷는 나의 팔을 잡고 자신을 바라보도록 돌려세웠다. 여전히 예의 바른 얼굴이 눈앞에 있었다. 그의 머리카락이 젖어 있다는 걸 나는 그제야 알아챘다. 그의 옷도 흠뻑 젖어 있었다.

저한테 화가 났다는 건 압니다만, 그럴 수밖에 없었어요.

이수언 씨는 그다음 이야기를 듣겠냐고 말하는 듯한 얼굴로 나를 바라보았다. 나는 침묵을 통해 말해보라는 의사를 전달했다. 내 미간이 찌푸려져 있다는 걸 느꼈다.

기억에 직면한다는 건 그 기억의 순간을 다시 사는 기죠.

김지희 씨도 그렇게 말했어요.

과거 그 순간을 다시 살면서 상처받고 고통스러워하죠. 그러나 직면할 용기를 냈다는 건 회복할 힘도 낸다는 겁니다. 그 과정에서 어떤 잔여물도 남아서는 안 됩니다.

잔여물이요?

정확하게 그걸 뭐라 불러야 하는지 잘 모르지만, 저는 잔여물이라고 생각합니다. 찌꺼기, 불순한 의도, 말끔하지 않은 생각, 우주의 섭리에 어긋나는 어떤 불투명한 것들. 그런 잔여물이 남으면 그 과정이 다시 반복됩니다. 그러니까 기억에 직면하는 이는 불투명한 뭔가를 남기지 않는 방식으로 그 과정을 수행해야 한다는 거죠.

우리가 불투명했다는 건가요? 불순한 의도를 품었다는 건가요?

나는 들을수록 기분이 나빠졌다. 김지희 씨를 살리

기 위해, 영심을 구하기 위해, 우리를 죽이려드는 남자에 대항했을 뿐이다. 죽어야 끝난다는 생각을 김지희 씨가 다시는 하지 않도록 그 순간 모든 것을 끝내는 선택을 했을 뿐이다. 그 선택이 내게 또 다른 위험을 안겨준다 해도 나는 기꺼이 감수할 마음이 있었다. 그런데 찌꺼기라니, 불순한 의도라니.

그런 말이 아니잖아요.

그런 말이잖아요. 그가 살아 있는 한 김지희 씨는 안전하지 못해요. 지옥 끝까지라도 따라올 만큼 지독하고 악독한 사람이니까요. 마지막까지 살의에 번뜩이는 그 사람의 눈동자를 봤다면 그런 말 못 할 겁니다. 그동안 누구도 김지희 씨를 보호해주지 않았어요. 가족도, 이웃도, 경찰도. 그 사람은 홀로 고통을 견딘 거라고요.

김지희 씨는 안전해요.

그걸 어떻게 알아요? 당신이 살려냈잖아요. 우리가 그를 죽이려 했다고 경찰에 신고라도 하면 어떡해요? 저는 괜찮지만 김지희 씨는 버티지 못할 겁니다.

그럴 일은 없습니다. 경찰에는 제가 이미 진술을 했습니다. 약간의 우여곡절이 있긴 했지만 탐정님이

나 김지희 씨와 무관한 일로 마무리될 거니까 걱정하지 않아도 됩니다. 그 사람이 세상에 자신의 목소리를 낼 일은 없을 테고요.

그게 무슨?

하정현, 그 사람은 깨어나지 않을 겁니다. 그 몸은 이 세계에 있지만 정신은 다른 세계로 건너가 있습니다. 의료진들은 코마 상태라 진단할 겁니다.

왜, 아니, 어떻게?

제가, 정확히 말하면 우주가 그 사람을 어떤 세계로 데려갔으니까요. 그 세계에서 쉽게 벗어나지 못할 겁니다. 그가 만들어낸 사념체 한 조각까지 잔여물로 남지 않을 만큼 충분히 정화되지 않는다면요. 그 또한 한 치의 오차도 허용하지 않는 우주의 질서라고 해두죠.

그걸 왜 이수언 씨가 하죠?

드드가 저를 집사로 간택할 때는 모종의 이유가 있었겠지요.

역시 드드군요.

그 이름을 처음 들었을 때의 기묘한 느낌을 떠올렸다. 뭔가 다가오고 있다는 감각, 그것을 피할 수 없다는 무언의 징조 같은 것. 그것은 비밀을 품고 있는 존재의 숨소리 사이로 어쩔 수 없이 새 나오는 한 조각의 비밀이었다는 걸 이제야 알았다.

뭘 얼마나, 더 알고 있는 거죠?

그 이상은 저도 모릅니다.

매번 그렇게 말하죠. 그리고 다음번에는 또 내가 모르는 말을 하고요.

모르는 것이 아는 것을 향해 나아가게 하잖아요.

이수언 씨가 웃었다. 나는 웃지 않았다. 이수언 씨가 웃음을 거두며 말했다.

이제 알잖아요. 이 일은 자신이 몸으로 경험해야 진정한 이해에 도달할 수 있다는 걸요. 그리고 자신이 경험한 걸 타인에게 이해시키는 건 불가능하다는 것도요.

지금 말해줘봤자 알아먹질 못한다는 거잖아요.

나는 퉁명스럽게 대답했지만 그건 진실이었다. 내가 모르는 이야기를 지금 내게 해준다 한들, 푸른빛의 액체 괴물 이야기를 처음 들었을 때처럼 나는, 이건 또 뭔가 하고 혼란스럽기만 할 것이다. 누군가의 이야기를 듣고 알 수 있는 성질의 것이 아니니 모르는 건 영원히 모르게 될 테지. 비밀이란 그런 것인가. 우주의 섭리를 모르는 사람은 영원히 모르게 되는 건가.

각자의 시간이 있는 거죠. 그 시간을 사는 각자의 방식이 있고요. 탐정님은 탐정님이 할 수 있는 일을 한 겁니다. 그걸 뭐라는 건 아니에요. 제겐 그럴 자격이 없습니다. 저는 탐정님의 선택을 존중하고 우주도 그럴 겁니다. 다만 제게는 이 이야기가 그렇게 끝나도록 내버려둬서는 안 되는 모종의 책임이 있다는 말을 하는 겁니다. 탐정님은 수긍하지 못할 수 있지만 어쨌든 그렇습니다.

모종의 책임이요. 드드의 집사로 간택되면서 떠안은 책임을 다했을 뿐이라는 거죠. 그렇다면 지켜보는 자와 행하는 자 외에 다른 이름으로 불리며 다른 일을 하는 자들도 있겠네요. 정화하는 자라든가 다른 세계로 인도하는 자라든가.

이수언 씨가 고개를 끄덕이며 말했다.

우리는 각자의 일을 하는 것뿐입니다. 진실을 직면하는 자로서, 자신의 마음에 떠오르는 직감에 따라 나아갈 뿐이죠.

푸른빛, 액체 괴물, 사념체, 아카식 레코드, 블루섹

션, 지켜보는 자와 행하는 자⋯⋯. 이제야 퍼즐 조각이 맞춰지면서 영 모를 것만 같던 미스터리가 조금은 알 만한 그림이 되었다고 생각했다. 그러나 나는 끝을 알 수 없는 거대한 퍼즐의 아주 작은 일부분만을 겨우 맞췄을 뿐이다. 내 앞의 이 사람이 품고 있는, 내가 모르는 또 다른 이야기들이 그걸 말해주고 있었다. 순수와 불순, 잔여물, 정화, 몸과 영혼의 분리, 다른 세계로의 건너감, 그리고 그것들을 수행하는 자들⋯⋯. 끝을 알 수 없는 광활한 우주, 꼭 그만큼 광활한 이야기가 있는 것이다.

나는 꽁한 마음이 조금 풀렸다. 내 선택을 존중한다는 그의 말은 진심이었다. 각자의 일을 할 뿐이라는 것도 이해할 수 있었다. 내 편과 네 편 같은 건 없다. 다만 자신이 취하는 최선의 선택만이 있을 뿐. 그리고 내가 알아야 할 이야기라면 언젠가 내가 그 속으로 뛰어들어 진실한 이해에 도달할 수 있는 시간이 올 것이다. 그렇게 생각하자 마음이 조금 가벼워졌다. 어쨌든 남자가 김지희 씨를 괴롭힐 일은 더는 없을 것이다. 그것만으로도 지금 나는 충분했다.

어쨌거나 별로 도움이 안 되었어요.

고양이처럼

미안해요. 어젯밤 출렁다리 가는 길에 올무에 걸린 고라니가 있었거든요. 피를 너무 흘려서 그대로 두었다간 목숨이 위험할 것 같았어요. 올무 풀어주고 급히 치료해주느라 탐정님에게 빨리 가질 못했어요.

치료요? 수의사예요?

제가 말 안 했나요?

고라니는 괜찮아요?

지혈하고 상처 치료한 뒤에 수액 놓아주었으니 괜찮아질 겁니다. 얼마나 놀랐는지 그 작은 가슴이 콩닥거리는 게 심장 튀어나오나 했다니까요.

이수언 씨도 나처럼 올무에 걸린 한 생명체를 구하는 일을 하고 있었다니, 그런 거라면 진즉 이야기해줬으면 좋았을 텐데. 내 신호에 응답하지 않은 이유가 그런 거라면 나는 백 번 천 번 이해할 수 있는 사람이니까.

그런 이유라면 이해할게요.

감사합니다. 앞으로는 정말 열심히 할게요.

뭘요?

뭐든요. 참, 탐정님 이름이.

태이, 김태이요.

태이 탐정님, 멋진데요.

배에서 꼬르륵 소리가 들렸다.

이수언 씨가 말했다.

오늘은 밀푀유나베를 해야겠어요.

밀 뭐요?

천 개의 잎사귀란 뜻이에요. 꽃처럼 피어나는 요리죠. 달을 보내고 해를 맞는 지금 딱 어울릴 것 같은데, 먹고 갈래요?

어젯밤의 전갈자리 뉴문은 졌다. 그리고 이제 새로운 태양이 떠오르고 있다. 나는 꽃처럼 피어난다는 요리가 궁금해졌다.

그럴까요? 고라니도 볼 겸.

우리는 하얀 집을 향해 함께 걸었다. 꼬르륵 소리가 더 크게 났다. 이수언 씨가 나를 보고 웃었다. 잘 자란 사람의 바르고 예쁜 웃음이었다. 그 웃음 앞에서 나는 더는 작아지지 않았다. 그저 함께 웃을 뿐.

고양이처럼

귀가

위스키 한 잔을 앞에 두고 태블릿을 켰다. 몽몽이 니아옹거리며 내 무릎으로 올라왔다. 나는 몽몽의 보드라운 털을 쓰다듬으며 작업일지의 '영심' 폴더를 열었다. 스코티시폴드, 4세 여아, 뒷마당 연못에서 노는 게 마지막으로 목격됨. 3개의 동선. 목격자. 회색 고양이 드드…… 추적 과정과 결과를 빼곡히 적어놓은 글 밑에 나는 이렇게 써넣었다. 실종 나흘 만에 무사히 귀가.

귀가. 집으로 돌아옴. 이 단어는 언제나 말로 표현하기 힘든 감정을 불러일으킨다. 반려묘에게는 집이 있고 집사가 있다는 단순한 사실이 탐정으로서의 역할을 환기시킨다. 나는 실종된 고양이를 찾아 집으로 돌려보내는 사람. 그 과정에서 어떤 우여곡절을 겪든 결국 고양이가 집으로 돌아오면 되는 것이다. 고양이가 액체 괴물로 변신했든, 고양이를 죽이려드는 이를 온몸으로 막아냈든, 어떤 사람이 고양이로 인해 죽을 길에서 살 길로 삶의 전환점을 만들었든, 그런 건 지나간 일이 된다. 귀가, 집으로 돌아왔으므로 모든 건 추억이고 이야기가 된다.

그렇게 하나의 이야기가 끝이 났다. 그냥 고양이가 아닌 고양이에 대한 이야기였지만 그것은 고양이를 사랑하는 사람과 고양이를 찾아야 하는 사람에 대한 것이기도 했다. 이 이야기를 시작할 때 나는 고양이탐정으로서 진실을 알아야 할 의무가 있고 그 진실이 나를 어디로 데려가는지 알 수 없지만 끝까지 가보리라 마음먹었다. 내가 알고 싶은 것들을 알게 되었는가 하면, 글쎄, 라고 대답할 수밖에 없다. 여전히 나는 알 수 없는 것투성이인 채다. 내 안 어디에서 남자에게 맞설 힘이 나왔는지, 낯선 타인과 어떻게 그런 깊은 교감을 나누게 되었는지, 내가 본 것들이 과연 우주의 비밀인지 나는 알 수 없다.

버럭마고는 내게 말했었다. 구하는 것을 얻을 겁니다. 그 과정에서 새롭게 태어날 거예요. 이렇게도 말했다. 어떤 비밀을 알게 되면서 고양이의 영혼과 닮아가는, 진정한 고양이탐정이 될 것이라고. 그러나 나는 여전히 혼란스럽다. 나는 구하는 것을 얻어 새롭게 태어났을까. 내가 알게 된 것이 정말 우주의 비밀일까. 내가 경험한 것이 나를 고양이의 영혼으로 이끌고 있을까. 그리고 집 나간 고양이를 쫓으면서 매일 나 자신에게 던졌던 질문. 진정한 고양이탐정이라는 건 뭘까. 타고난 탐정 기질도 없고 고양이에 빙의될 만큼 감성도 충만하지 않은 내가 어떻게 진정한 고양이탐정이 될 수 있을까. 그런 것에 대한 답을 나는 여전히 알지 못한다.

영심의 상처가 거의 다 나을 무렵 나는 버럭마고를 다시 만났다. 답을 얻으리라는 기대는 하지 않았다. 답은 버럭마고가 주는 게 아니었으니까. 대신 나는 버럭마고가 왜 칩거에 들어갔는지 알게 되었다. 영원히 인간에게 길들여지지 않는다고만 생각했던 고양이가 정작 인간을 얼마나 사랑하는지는 깨닫지 못했다고, 사랑을 표현하는 고양이의 방식이 수수께끼 같고 불가사의 같아 보여도 그 본질은 사랑이라는 걸 놓쳤다고, 그래서 작고 아름다운 녀석을 구하지 못했다고, 호숫가를 거닐면서 버럭마고는 내게 말했다. 오만함을 경계하세요, 고양이의 모든 것을 이해하고 있다는 생각, 바로 그것이 사람과 고양이를 망가뜨리니까요. 이미 망가져버린 걸 회복할 길이 없어 버럭마고는 스스로를 숨기는 방식을 선택했다고 했다. 그러나 나는 버럭마고의 칩거 또한 진정한 고양이탐정이 되는, 혹은 고양이의 영혼과 닮아가는 소중한 여행길의 한 구간일지 모른다는 생각이 들었다.

실종된 고양이 모두가 드드나 영심처럼 누군가의 기억이 자신의 자리를 찾아가려는 우주적 질서에 개입되어 있는지는 확실하지 않다. 내가 좇은 모든 고양이가 행하는 자로 움직였는지에 대해 묻는다면 내 대답은 '모른다'이다. 어쩌면 그건 인간의 이해를 넘어선 일일 것이다. 우주의 비밀이란 그런 거니까. 이수언 씨의 말대로 나는 나의 일을 할 뿐이다. 어떤 이유에서인지 모르지만, 내게는 행하는 자로서의 역할을 짊어지고 모든 일을 다 해낸 후 기진맥진해 있는 고양이를 찾아 집사 품으로 되돌리는 일이 맡겨진 건지 모른다. 물론 그 일이 내게는 작지 않고 소소하지도 않다. 소소하다니, 어쨌든 나는 고양이를 귀가시키는 사람. 다른 이가 아닌 내가, 고양이를 찾는 역할을 맡게 된 데는 모종의 이유가 있을 것이다.

버럭마고의 말처럼 우리는 모든 것이 연결되고 끊임없이 순환하는 거대한 우주적 고리의 일부일 뿐인지 모른다. 지켜보는 자, 행하는 자, 행하는 자를 찾는 자, 그리고 순수 혹은 정화와 관련된 일을 하는 내가 모르는 이들까지 모두. 그런 어렴풋한 생각이 확실해진 건 영심이 귀가하고 약간의 시간이 흐르고 난 뒤 그루터기를 다시 찾았을 때였다. 천둥이라는 이름의 노르웨이 숲 고양이를 찾고 있을 때였다. 어떤 단서도 목격자도 없는 실종이었다. 동네를 모조리 뒤진 후 망가진 CCTV 앞에서 나는 기억의 사념체를 떠올렸다. 그 길로 차를 몰아 그루터기로 갔다. 산 약초꾼 김 선생이 가르쳐준 대로 자작나무가 군락을 이루고 있는 곳을 찾았다. 그 아래 개다래나무가 촘촘히 자라고 있었고 맞붙어 있는 바위가 살짝 벌어져 가까스로 한 사람이 들어갈 수 있을 정도의 틈이 있었다. 흙냄새보다

고소하고 풀냄새보다 무거운 냄새가 바위틈에서 새 나오고 있었다. 입구다……. 나는 기억의 사념체가 뿜 어내는 빛을 다시 보고 싶기도 했고, 반대로 그걸 다 시 보고 싶지 않기도 했다. 자작나무 아래에 앉아 꽤 오랜 시간 생각했다. 그리고 일어서 그루터기 입구로 들어섰다. 처음 푸른 액체 덩어리를 보았을 때 이 세 상에 속하지 않는 것처럼 아름답다고 생각했고 그렇 기에 위험할 수 있다고 생각했다. 산 약초꾼 김 선생 은 아름다움에 현혹되지 않고 아름다움을 그 자체로 느낀다면 다를 거라고 말했다. 그 말이 맞았다. 허공 을 유영하는 푸른빛의 눈부신 덩어리를 목도하는 순 간, 나는 신비함과 경이로움으로 몸을 떨었다. 위험이 니 불안이니 비현실이니 하는 말 따위는 떠오르지 않 았다. 그저 아름다운 질서의 한 조각으로서 내가 존재 한다는 깨달음만이 나를 압도했다. 그건 내가 겪은 모 든 일을 설명해내는 직관의 총체였다.

그루터기를 빠져나왔다. 한동안 바위에 앉아 바람 에 자작나무 잎이 흔들리는 소리를 들었다. 이토록 아름다운 우주라니, 나는 비로소 집에 온 느낌이었 다. 한 번도 경험해보지 못한 어떤 충만함 속에서 나는 생각했다. 앞으로 나는 고양이를 찾으며 우주를 생각하는 고양이탐정이 될 것이다. 그것이 바로 고양이의 영혼을 닮아가는 일이다. 집 나간 고양이가 그렇듯 우리 모두는 고잉 홈, 우리 영혼의 집을 향해 귀가 중이니까. 고양이든 개든 사람이든 자작나무든 겉모습은 달라도 우리는 모두 집으로 가는 여정에 서 있는 우주의 작은 한 조각일 뿐, 그 여정에서 겪은 각자의 이야기만을 할 수 있을 뿐이다.

휴대폰을 꺼내 의뢰인이 보내준 천둥이라는 고양이의 사진을 들여다보았다. 가슴 털이 유독 풍성한 고양이가 무언가에 닿으려는 듯 한쪽 앞발을 들고 정면을 바라보고 있었다. 호기심 많은 장난꾸러기 고양이는 지금 어디에서 어떤 여행을 하고 있을까. 푸른색과 호박색을 절반씩 담고 있는 천둥의 왼쪽 눈을 바라보았다. 오드아이, 기이한 눈동자. 하늘과 땅이 지평선에 맞닿아 있는 것 같기도 하고 선과 악이 절묘하게 공존하는 것 같기도 했다. 순간 푸른색과 호박색이 서로에게 침범해 들어가며 소용돌이를 그렸다. 격렬히 휘돌아가는 그것에 현기증이 났다. 눈을 감고 바람소리에 집중했다. 소용돌이가 잦아들 즈음 나는 알 수 있었다. 매혹적이면서도 잔혹한 이야기가 나를 기다리고 있다는 것을. 이번의 이야기가 나를 어디로 데려갈지 알 수 없지만, 지금껏 닿았던 곳보다 훨씬 더 먼 곳이자 더 깊은 곳이라는 것만은 분명했다. 눈을 뜨고 일어섰다. 나는 고양이탐정. 집 나간 고양이를 찾아 귀가시키는 사람. 어떤 우여곡절이 있더라도 그건 모두 추억이고 이야기가 되어야 한다. 하나의 이야기를 끝내려면 그 속으로 걸어 들어가는 수밖에. 이야기가 이끄는 대로, 조심스럽지만 단단하게, 고양이처럼 그렇게.

귀가

작가의 말

내가 초등학교에 입학하기 전이었다. 그때 우리 집은 마당과 텃밭이 있는 주택이었는데 온갖 종류의 동물들이 살았다. 그렇다고 고양이를 집에서 키운 건 아니었다. 어릴 적 기억에 고양이는 개나 닭, 오리, 금붕어, 다람쥐처럼 사람이 밥 주고 키우는 동물이 아니었다. 집을 염탐하고 유령처럼 움직이다가 어느 순간 도둑처럼 침입해 사람 음식을 훔쳐가는 신스틸러Scene Stealer였다고나 할까. 손질해놓은 고등어를 물고 달아나는 고양이와, 빨래방망이를 들고 녀석의 뒤를 쫓던 어머니의 모습이 어린 내게는 퍽 인상적이었다. 그때 어머니는 이런 욕을 했다. 쌍놈의 새끼, 잡히기만 해봐.

장대비가 쏟아지던 어느 날, 어머니가 갑자기 바빠졌다. 뒤뜰과 작은방을 오가며 치마에 뭔가를 싸서 옮기고 있었다. 나는 어머니가 뒤뜰로 간 틈을 타 조심스레 이불을 들춰 보았다. 비와 진액으로 흠뻑 젖은 작은 생물들이 꼼지락거렸다. 눈도 뜨지 못한 아기고양이 세 마리. 연약하고 하찮기 그지없는 꼬물이들. 분홍빛 입을 오물거리며 먹을 것과 포근한 품을 찾는 그 녀석들에게 어린 나는 즉시 마음을 빼앗겼던 것 같다. 어찌 안 그럴 수 있었을까.

그 뒤로 두 마리가 더 추가되어 다섯 마리의 고양이가 우리 집 작은방을 차지했다. 어째 배가 불룩하더라니, 라고 어머니는 혀를 찼다. 빨래방망이에 맞을 뻔한 고양이가 어미였을 거라고 어머니는 확신하고 있었다. 예고 없는 폭우에 텃밭이 무사한가 싶어 나갔다가, 어머니는 뽕나무 밑동에서 힘겹게 산고를 치르고 있는 고양이를 발견한 것이다. 마지막 아기고양이를 집으로 나르는 사이 어미고양이는 사라져버렸다 했다.

어머니는 분유와 젖병을 사서 고양이들을 먹이고

똥을 치우고 따뜻하게 난로를 켜주면서 꼬물이들을 무사히 키워냈다. 고등어를 훔쳐 가는 쌍놈의 새끼의 새끼들을 거두고, 쌍놈의 새끼를 위해 따로 뭔가를 끓여 뽕나무 밑동에 놔두고 바람막이까지 만들어놓는 어머니. 어머니에게 고양이는 뭘까, '쌍놈의 새끼'가 욕이 아니라면 그건 뭘까, 라는 생각이 든 것은 그로부터 얼마간 시간이 흐른 뒤였을 것이다.

『묘묘탐정』을 쓰는 내내 어릴 적 이 장면이 생각났다. 꼬물이들이 안방을 차지한 지 며칠 뒤부터 거의 분해되다시피 한 쥐의 사체가 집 마당에 여러 번 놓여 있었다는 것도 함께 떠올랐다. 어머니는 몹시 징그럽고 귀찮은 티를 내며 쥐의 사체를 치우면서도, 고양이가 보은을 한다고, 영물靈物이라고 말했다. 그때 엄마의 얼굴에 피어난 알 듯 모를 듯한 표정, 그것은 쌍놈의 새끼와 신령스러운 존재 사이를 왔다 갔다 하는 고양이에 대한 일종의 경외심 아니었을까. 분유를 먹고 무럭무럭 자란 고양이들이 그 후 어떻게 되었는지 정확히 기억나지는 않는다. 아마도 집과 뒤뜰, 이어진 풀밭과 나무들 사이를 오가며 고등어를 훔치기도 하고, 먹이를 챙겨주는 어머니에게 쥐 사체를 시전하면서 고양이다운 삶을 살았을 것이다. 그래도 북실북실해진 털을 하고서 꼬리를 치켜세우고 다니던 모습은 남아 있다. 지금 내 옆의 고양이들이 그렇듯 말이다.

길거리 출신인 고양이들이 내게로 왔을 때, 모종의 이유가 있었다고 나는 생각한다. 고양이 집사들에게는 익숙한 단어 '간택'의 이유 말이다. 오랫동안 나는 그것이 궁금했다. 고양이는 무엇을 보고 사람을 선택하는 걸까. 그럴듯한 몇 가지 이유야 댈 수 있겠지만 여전히 인간은 명확하게 알지 못한다. 나는 그게 신비롭기만 하다. 인간은 모르고 고양이들만 아는 어떤 이유. 폭우가 쏟아지던 날 어머니를 간택한 고양이부터 지인의 카페 유리창에 나타나 문 열라고 야옹거리다 제집처럼 카페 소파에 턱 앉더라는 녀석, 차 바퀴 밑에서 우리 집 대문을 향해 구슬피 울어대 결국 내 품에 안긴 우리 집 막내냥이까지, 간택 당한 인간은 모르고 간택한 고양이만 알고 있는 간택의 이유, 거기에 어떤 우주적 비밀이 담겨 있을지도 모른다는 발상으로『묘묘탐정』은 시작되었다. 정말이지 고양이는 그럴 수 있는 생물이지 않나. 뼈와 살을 가졌으면서도 액체처럼 늘어지고, 빛에 따라 눈동자가 드라마틱하게 변하며, 제 간도 내어준 것처럼 애교를 피우다 단호하게 등을 돌려 등 뒤의 인간을 애걸하게 만들고, 고등어를 훔친 중죄를 저질렀으면서도 제 새끼들을 거두게 만드는 마력을 가졌으니까. 쌍놈의 새끼와 영물 사이를 왔다 갔다 할 수 있는 존재, 그런 생물은 지구상에 고양이밖에 없고, 그런 생물체라면 우주와 교신하는 것도 가능하지 않을까.

『묘묘탐정』을 써나가는 건 꽤 즐거운 작업이었다. 동물과 함께 사는 인간이 누릴 수 있는 최고의 행복은 그에 관해 글을 쓰는 일이 아닐까 싶을 정도였다. 물론 그런 거 안 하고 밥 주고 똥 치우고 함께 놀기만 해도 충분히 행복하지만, 그래도 내 옆에 있는 털 달린 영혼의 온갖 것을 떠올리며 한 줄 한 줄 써나가는 일은 유쾌했다. 그런 호사를 누리며 썼던 글이 책으로 나오게 되어 기쁘다. 아무쪼록 독자 여러분의 얼굴에도 간간이 미소가 피어났으면 좋겠다.

묘묘탐정

초판 1쇄 인쇄 2024년 8월 19일
초판 1쇄 발행 2024년 8월 26일

지은이 정루이
펴낸이 이수철
주 간 하지순
편 집 송규인
디자인 최효정
영업관리 오세미
콘텐츠개발 전강산, 송인욱, 최진영
영상콘텐츠기획 김남규
관 리 진호, 황정빈, 전수연

펴낸곳 나무옆의자
출판등록 제396-2013-000037호
주소 (10449) 경기도 고양시 일산동구 호수로 358-39 동문타워1차 703호
전화 02) 790-6630 팩스 02) 718-5752
전자우편 namubench9@naver.com
인스타그램 @namu_bench

ISBN 979-11-6157-192-8 03810